토마토가
체리에게

토마토가
체리에게

ⓒ 김판길, 2024

초판 1쇄 발행 2024년 4월 5일

지은이   김판길
펴낸이   이기봉
편집   좋은땅 편집팀
펴낸곳   도서출판 좋은땅
주소   서울특별시 마포구 양화로12길 26 지월드빌딩 (서교동 395-7)
전화   02)374-8616~7
팩스   02)374-8614
이메일   gworldbook@naver.com
홈페이지   www.g-world.co.kr

ISBN   979-11-388-2936-6 (03810)

· 동화 에세이 ·

토마토가
체리에게

글 김판길 그림 인공지능 AI 기획 곽정아

좋은땅

빨리 어른이 되었으면 하고 바랐던 때가 있었습니다.

막상 어른이 되고 보니 사느라 시간 가는 줄 몰랐습니다.

마음먹은 대로 다 이루어진 건 아니지만 꿈꾸던 때가 그립습니다.

동화 속 이야기가 왠지 내 이야기 같아 미소 지어 봅니다.

- 국민의힘 국회의원 후보 **김병민**

동화 속 이야기는 풋풋하고 아련한 그리움이자 마음을 따뜻하게 해 주는 시입니다. 오늘은 분명 어제보다 나을 겁니다. 좋은 하루 되십시오!

- 채널A '돌직구 쇼' 앵커 **김진**

목차

1. 자전거

나는 버스도 다니지 않는 시골길을 걸어서 학교에 다녔다.

어느 날, 책가방을 들고 학교를 가는데, 우리 동네에서 제일가는 부잣집 아들 승엽이가 새 자전거를 타고 내 곁을 지나갔다.

띠링띠링! 벨소리를 울리면서 지나갔다.

나와 친구들은 그저 부러운 눈으로 바라볼 뿐이었다.

우리 동네 사람들은 대부분 가난해서, 자전거를 살 엄두도 내지 못했다.

그때는 자전거 한 대 값이 쌀 한 가마 값이었고 자전거가 있다는 것은 요즈음으로 말하자면 자동차 한 대를 가지고 있는 것과 같다.

그 친구가 탄 자전거는 바퀴의 살대와 핸들 딸랑이까지 반짝거렸다. 그 유명한 삼천리 자전거였다.

그 친구는 옆집에 살았고 다른 친구들을 무시한다거나 거만하게 대하지 않았다.

부잣집에서 아들에게 자전거 한 대 사 주는 일은 아무것도 아니었을 것이다.

날씨가 흐리거나 비가 올 때가 아니면 그 친구는 꼭 자전거를 타고 학교를 갔다. 그런데 우연의 일치인지는 모르지만, 그 친구가 내 곁을 지날 때면 꼭 띠링띠링 벨을 울리는 것이었다.

그 친구가 자전거를 타고 지나갈 때 다른 친구들은 알아서 길을 터 주었다.

그렇다고 내가 그 친구 앞을 막은 적도 없었고 그럴 이유도 없었기에 왜 내 옆을 지날 때 벨을 울렸냐고 물어볼 수도 없었다.

아마도 '나 먼저 간다. 천천히 와라!' 그 뜻이 아니었을까 생각한다. 설마 '부럽지?' 하고 나를 약 올리는 그런 마음은 아닐 것으로 생각한다.

교실 청소 당번이던 날, 청소하느라 조금 늦게 집에 오는데 그 친구가 여학생을 태우고 내 옆을 휙 지나가는 것이었다. 그때는 벨소리를 울리지 않았다.

그 모습을 보고 난 좀 당황스러웠다.

'중학생이 벌써 여자를 사귀나?' 그런 생각이 들었다.

'내가 너무 지나친 생각을 했나? 그냥 가는 길에 태워 준 것일 수도 있는 것을.'

나는 괜히 얼굴이 붉어지는 것 같아 손으로 부채질했다.

'나도 자전거가 있었다면 예람이를 태워 줄 수 있었을 텐데.'

오월 길가에는 토끼풀 향기가 그윽하고 모내기를 앞둔 논에선 개구리들이 밤낮을 가리지 않고 울어 댔다. 나는 가끔 꿈을 꾸었다. 꿈에서 나는 내 아이를 태우고 미루나무 숲길을 달려가곤 했다.

우리 동네에는 하루 한 번씩 양조장에서 막걸리를 배달하는 짐 자전거와 우체부가 탄 붉은 자전거가 다녀가곤 했다.

동네에 결혼식이나 회갑 잔치가 있는 날은 다른 동네에서 손님들이 자전거를 타고 와서 동네 잔칫집 마당이나 대문 앞에 자전거를 세워 두었다.

내 친구 은호와 나는 은호네 손님의 자전거를 몰래 끌고 동네 공터로 갔다.

은호와 나는 자전거를 타는 것이 처음이라서, 친구가 먼저 타고 내가 넘어지지 않게 뒤를 잡아 주었다.

다음은 내 차례였다. 나는 자전거는 처음 타는 거라 몹시 긴장되었다.

얼른 제자리에 갖다 놓아야 한다는 생각에 우리는 서둘러야 했다.

"절대 놓지 말고 꼭 잡고 따라와야 해."

친구에게 큰 소리로 말한 후 페달을 힘차게 밟았다.

한참 후 뒤를 돌아보니 은호는 저 멀리서 손을 흔들고 있었다.

그때 내 기분은 말로 다 표현할 수가 없었다.

우린 자전거를 끌고 은호 집으로 돌아갔다. 은호와 나는 가끔 그 일을 말하곤 하였다.

그 무렵 자전거를 새로 산 집이 또 있었다.

바쁜 농사철에 일할 생각은 안 하고 읍내에 아는 사람들을 만나러 다니는 아저씨가 외상으로 덜컥 새 자전거를 사 온 것이었다.

그 자전거 값은 자연히 그 집 아주머니의 몫이 되었다.

아주머니는 어려운 살림을 하면서 남의 집 일을 해 주고 식당 일도 하면서 자전거 값을 갚아 나가야만 했다.

아! 궁금한 게 있는데 아저씨가 외출할 때 자전거를 끌고만 다녔지 절대 타는 걸 본 적이 없었다.

자진거를 아예 탈 줄 모르는 건지 아니면 아끼느라 안 타는 건지 그것이 궁금했다. 동네 사람들은 그 아저씨를 한량이라고 불렀다.

그러던 어느 날, 아저씨가 술에 취한 채 집에 오다가 길에서 잠든 사이 새 자전거를 도둑맞았다. 그 소식을 들은 아주머니는 어찌할 줄을 몰라 했고 동네 사람들은 그럴 줄 알았다며 안됐다고 안타까워했다.

도둑도 나쁘지만 도둑맞게 행동한 아저씨야말로 정말 무책임한 사람이 아니었을까? "사람이면 다 사람이냐? 사람다워야 사람이지"라며 어머니가 하시던 말씀이 불현듯 생각났다.

　어른이면 어른다운 행동을 해야 한다고 생각했다.

　한동안 아저씨는 풀이 죽은 채 집 안에만 있었다고 한다.

　클로버 향기 은은한 시골길을 지나 아카시아 꽃향기 그윽한 숲길을 지나서 코스모스 피어 있는 옛길을 자전거를 타고 나는 가볍게 달려간다. 꿈에서.

2. 원조 땅강아지

내 친구 동진이는 도전과 모험을 좋아하고 가끔 장난도 잘 친다.

그리고 늘 긍정적이어서 커서 육군 특전사나 해병대 같은 용감한 군인이 되면 잘 어울리겠다는 생각이 들었다.

또 다른 친구 황하는 이름이 외자인데 차분하고 공부도 잘하고 아는 것도 많아서 나는 그 친구를 황 박사라고 부른다.

나는 두 친구가 좋다.

쉬는 시간에 동진이가 나에게 말했다.

"심심한데 공기 통로에 한 번 들어가 볼래?"

"무슨 공기 통로?" 황 박사와 나는 동시에 물었다.

"교실 마룻바닥 밑에 있는 공기 통로지. 아직 누구도 거기에 들어가 본 사람이 없는 거 같아. 재밌을 것 같지 않냐?"

"어둡고 지저분할 것 같은데 그곳을 꼭 들어가야 돼?" 내가 말했다.

그 말에 황 박사도 망설이는 것 같았다. 평소 깔끔하기로 소문난 황 박사는 이번 일이 내키지 않는 듯했다.

그러자 동진이가 한마디 했다.

"도전하는 자 미인을 얻나니. 그런 말도 안 들어 봤냐?"

"그거 용기 있는 자 미인을 얻을 수 있다 아냐?"라고 내가 말하자,

동진은 씩 웃으며,

"용기만 있으면 뭐 하냐? 도전 정신이 있어야지. 역사적으로 도전정신이 강한 인물도 있었잖아?"

"누군데?" 황 박사가 물어보자, 동진이가 "정도전."

그 말에 우리는 한바탕 크게 소리 내어 웃었다.

동진이는 벌써 공기 통로로 머리와 몸통을 들이밀고 있었다.

황 박사는 할 수 없다는 듯 두 번째로 들어갔다.

그리고 마지막으로 내가 심호흡을 크게 하고 공기 통로에 들어갔다.

좀 무섭기도 하고 여기저기에서 퀴퀴한 지하실 냄새 같은 것도 났지만 앞을 향해 우리는 기어갔다.

공기 통로 바닥에는 반 친구들이 떨어뜨린 몽당연필이며 자, 색종이, 지우개, 칼이 널려 있었다.

어두워서 고양이인지 족제비인지 쥐인지 모를 동물들이 바스락거렸다.

그 동물들이 내 옆을 휙 지나갔다. 나는 그때 온몸에 소름이 돋았다.

'왜 남의 구역을 침범했느냐?' 하는 뜻 같았다.

비록 많이 놀랐지만, 왠지 미안한 생각이 들었다.

장난꾸러기인 동진이는 주먹으로 교실 밑바닥을 탕탕 치기도 하였고 마루 틈 사이로 자를 교실 위로 쑥 밀어 넣기도 했다.

'교실에 있는 애들이 얼마나 놀랐을까?'

"여학생들은 많이 놀랐을 거야."

우린 무사히 공기 통로를 빠져나왔다.

머리와 옷에는 거미줄과 흙, 먼지가 여기저기 달라붙어 있었다.

한편 교실에서는 한바탕 소동이 일어났다.

난데없이 마룻바닥 밑에서 탕탕 소리가 나지를 않나, 어떤 여학생이 앉

토마토가 체리에게

은 자리에 길쭉한 자가 쑥 밀고 올라오지를 않나 아이들은 귀신이라도 나타난 것처럼 놀라서 소리를 지르고 우는 아이까지 있었다.

우리 셋은 교실에서 그렇게 심각한 일이 벌어졌으리라고는 전혀 생각지 못하고 웃옷을 벗어서 먼지를 털고 수돗가에서 물로 머리와 얼굴을 대충 씻은 다음 아무 일 없었다는 듯 교실로 들어갔다.

어떻게 아셨는지 선생님이 우리보고 "너희들이 땅강아지냐?"라고 한마디 하셨다.

공기 통로 사건 이후 여러 반 아이가 자기네 교실 공기 통로에 들어갔고 장난을 쳤다. 우리가 원조 땅강아지가 된 셈이었다.

우리가 다녔던 시골 학교도 아이들이 없어 문을 닫을 위기라고 한다. 문을 닫으면 안 될 텐데.

3. 센스

의상실 '센스'에 들어온 지도 벌써 1년이 넘은 인화는 옷을 맞추러 오는 손님들을 보며 많은 것을 배우고 있다. 주인이자 유명 디자이너인 선생님의 옷은 그냥 단순한 옷이 아니라 작품이다.

돈을 아무리 많이 줘도 아무에게나 옷을 지어 주지 않는다.

어떤 배우가 마음에 들지 않는다고 옷을 집어 던지고 짜증을 낸 일이 있었는데 선생님은 즉시 환불해 주라고 하셨다.

그 배우는 나중에 사과했지만, 다시는 선생님의 옷을 입지 못했다.

선생님은 영화감독, 연출자분들과도 아는 분들이 많았고 그 배우는 성격이 안 좋다고 소문이 나서 어떤 배역도 맡지 못했다고 한다.

인화는 촬영 현장으로 출장을 가고 있다.

'오늘 시간 되면 점심이나 같이 먹자!' 친구인 인영에게서 문자가 왔다.

'지금 조아라 배우에게 옷을 가져다주러 가고 있어. 촬영장으로 올 수 있어?'

'알았어! 지금 갈게.'

촬영장에서 인화는 인영을 만났고 둘은 배우들이 열심히 촬영하는 모습을 구경하였다.

"배우를 직접 보는 것은 처음이야!" 인영이 말했다.

촬영장에서 나온 그들은 맛집으로 꽤 알려진 음식점으로 갔다.

둘은 만나기만 하면 파스타보다 더 쫄깃쫄깃하고 긴 이야기를 나누곤 하였다.

"인화야! 의상실 일은 재미있어?"

"힘들지만 재미있어. 인영아, 배우를 직접 본 소감이 어때?"

"아주 멋지고 근사해 보여."

"내가 보기엔 인영이 네가 배우가 되면 누구보다도 잘할 것 같아."

인영이 쑥스러워하면서 말했다.

"에이, 배우는 무슨. 난 소질 없어."

"어떤 배우는 촬영장에 구경 왔다가 여주인공이 펑크를 내는 바람에 대타로 출연했다가 톱스타가 되었다는 말도 있어. 사람 일은 아무도 모르는 거야. 내일도 촬영장에 의상을 갖다주러 갈 건데. 같이 가자."

"뭐, 나야 좋지!"

다음 날, 인화는 인영이와 함께 촬영장에서 배우에게 의상을 전해 주었다.

인영이는 그 배우를 부러운 눈으로 바라보았다.

쉬는 시간에 인화는 평소 안면이 있는 감독님께 인사를 드렸고, 인영이를 친구라고 소개했다.

그날 이후로 인화는 인영이와 함께 촬영 현장에 자주 갔다.

인영이는 배우 의상을 보며 말했다.

"옷이 너무 예쁘다. 무척 비싸겠지?"

"당연하지, 어떤 옷인데! 선생님 옷은 그냥 옷이 아니라 작품이야. 이 옷을 배우가 입으면 곧 날개가 되는 거야."

인영이는 인화의 말을 들으면서 생각했다.

'내가 만일 배우가 된다면 저 작품인 옷을 입고 공주의 역할을 해 보고

토마토가 체리에게

싶다.'

인영이는 집에 와서 샤워를 하고 소파에 걸쳐 앉아 '하늘 여행'을 폈다.

"전화 받아~ 전화 받아~" 휴대폰벨이 울렸다.

모르는 번호로부터 전화가 왔다.

"누굴까? 여보세요."

"혹시, 센스 의상실 인화 씨의 친구분 인영 씨인가요?"

"그런데요. 누구시죠?"

"저는 영화를 만드는 박 감독입니다. 이번에 새 영화에 잘 어울리는 참신한 얼굴을 찾고 있는데, 센스 의상실 사장님의 추천으로 전화를 드리는 겁니다. 혹시 연기할 의향이 있으신가요?"

"연기는 하고는 싶은데요, 잘할 줄 몰라서요."

"그건 염려 안 하셔도 됩니다. 저희가 다 알아서 지도해 드리겠습니다."

"부족하지만 열심히 해 보겠습니다."

전화를 끊고 인영은 이것이 꿈이 아닐까 하고 자기 팔을 꼬집어 보았다. 따끔한 아픔을 느꼈다.

'꿈이 아니라 현실이구나!'

"전화 받아~ 전화 받아~"

"여보세요?"

"인영 씨, 나 센스 의상실 사장이에요. 박 감독님한테서 전화 받았나요?"

"네, 그렇지 않아도 조금 전에 통화했어요."

"인영 씨, 좋은 기회니까 한번 잘해 보세요."

"평소에 연기를 해 보고 싶었는데 저를 추천해 주셔서 정말 감사합니다. 열심히 하겠습니다."

통화를 마쳤다.

'얼마 전, 파스타를 먹으며 인화가 했던 말이 그대로 이루어지다니……. 정말 신기하고 놀라워. 다 인화 덕분이야.'

감독님과 만나서 계약서를 쓰고 대본을 받아 보니 배역이 인영이 원하는 공주역이었다. 인영은 놀라지 않을 수 없었다.

촬영하는 내내 두렵고 떨리고 설레었다.

"인영 씨! 표정이 살아 있어야 해요."

인영은 감독님의 지적을 받으며 연기가 결코 쉬운 것이 아니라는 것을 뼈저리게 느꼈다.

궁궐에서 시녀들이 공주인 인영을 목욕시켜 주고 옷을 입혀 주는 장면에서는 좀 쑥스럽고 부끄러웠다.

그리고 또 우아하게 차를 마시는 장면에서는 인영 자신이 실제로 공주인 것만 같았다.

아름다운 꽃이 피어 있는 정원을 이웃 나라 왕자와 함께 거닐 때는 왕자역을 맡은 배우가 조각상처럼 잘생겨서 자꾸만 그 배우 얼굴을 힐끔힐끔 쳐다보게 되었다.

쉬는 시간에 감독이 인영이에게 웃으면서 말했다.

"인영 씨, 남자배우한테 너무 반한 거 아니에요?"

그 말에 인영이는 속마음이 들킨 것 같아 얼굴이 붉어졌다.

'꿈을 이루어질 수 있도록 다리를 놓아 주고 앞일까지 예견해 준 센스쟁이 내 친구 인화야, 고맙다.'

4. 학독

어릴 때 시골 우리 집에 세 가지 보물이 있었다.

뒤꼍 장독대 옆 학독이 있었고, 부엌에 나무 절구통이 있었고, 마루에는 다듬잇돌이 있었다. 엄마가 시집올 때 사 온 물건들이었다고 한다.

나무 절구통은 떡을 하기 위해 쌀을 빻을 때나 고춧가루를 빻을 때 요긴하게 쓰였다. 마루의 다듬잇돌은 어쩌다 사용했다,

무엇보다 보물은 뒤뜰에 있는 학독이었다.

학독은 푸른빛이 도는 돌을 절구통처럼 깎아 만든 물건이다.

어느 날, 밖에 나갔다가 집에 와 보니 어머니가 텃밭에서 가꾼 얼갈이배추로 김치를 담그고 계셨다.

학독을 여러 번 물로 깨끗이 씻은 다음, 학독 안에 붉은 통고추와 마늘, 생강 등을 넣고 주먹보다 조금 큰 둥근 돌을 손에 쥐고 곱게 가는 것이었다. 계속 둥근 돌을 돌리다 보면 양념들이 곱게 갈아진다.

둥그렇고 넓은 그릇에 담긴 얼갈이배추에 곱게 간 양념을 배추에 버무리면 매콤하고 짭짤한 얼갈이김치가 된다.

어머니는 김치 담그실 때 꼭 "지혜야~" 나를 불러 버무린 배추 한 쪽을 내 입에 넣어 주시며 "간이 어떠냐?"라고 묻곤 하셨다.

나는 짠 것도 같고 싱거운 것도 같아 "잘 모르겠다"고 하면 두 번, 세 번 김치 줄겅댕이를 내 입에 넣어 주셨다.

어머니는 어떻게 간을 그렇게 잘 맞추셨는지 신기하기까지 했다.

어머니가 담가 주시던 얼갈이김치의 감칠맛은 지금도 잊을 수가 없다.

고무장갑도 없이 맨손으로 양념을 만지실 때 손이 얼마나 매웠을까?

우리가 살았던 집은 다 헐리고 없다. 그렇다면 그 학독은 어디로 갔을까? 그 학독을 찾을 수 있다면 구해다가 우리 집 베란다에라도 놓고 싶다.

편리함에 밀려 점점 사라져 가는 옛것이 그립다.

옛것이라고 해서 다 쓸모없는 것은 아니다.

마당이 있다면 수돗가 옆에 학독을 놓으면 딱 좋을 것 같다.

콩을 갈아 두부를 만들어 먹어도 좋고, 친구나 지인을 불러 금방 담은 김치를 두부에 싸 먹으면 얼마나 맛이 있겠는가?

지금 내 곁에 학독이 있다면 어머니가 그리울 때 학독이라도 손으로 쓰~윽 쓸어 보기라도 할 텐데…….

5. 만수

환자는 의사를 잘 만나야 하고 학생은 스승을 잘 만나야 한다.

시골에 살던 만수는 초등학교를 졸업하자마자 기술을 배우기 위해 서울로 올라와서 자동차 공업사에 들어갔다.

시골에 살 땐 그러지 않았는데 도시에 살아 보니 모든 게 다 낯설고 제 맘 같지 않았다.

공업사 주인은 친절과는 거리가 먼 사람이었다.

아무것도 모르는 만수에게 첫날부터,

"몽키 가져와."

"스패너 가져와."

"뿌라이어 가져와."

그 말에 만수는 무척 난감해했다.

'몽키가 뭐지?'

'스패너는 어떻게 생겼지?'

'도대체 어떤 게 뿌라이어야?'

자동차에 쓰이는 공구에 대해 전혀 알지 못하는 만수는 정신을 차릴 수 없었다.

"야, 뭐 해! 빨리 스패너 12인치 가져와!"

만수는 다급한 마음에 벽에 진열된 스패너 중에 아무거나 가져다주었다.

그러자 주인은 만수에게 버럭 화를 냈다.

"야! 이게 12인치야? 10인치잖아! 똑바로 못 해!"

그 와중에도 직원은 "뿌라이어 안 가져오고 뭐해?"

요즘 말로 만수는 멘붕에 빠졌다.

'지금쯤 중학교에 올라간 친구들은 국어 시간에 아름다운 시를 배우고 있겠지?'

만수는 하루에도 수십 번 그만두고 싶다는 생각을 했다.

'기술을 배우는 것도 좋지만 이렇게 심한 모욕을 당하면서까지 이 일을 계속해야 돼? 이 공업사를 소개해 주신 친척 아저씨에게 더는 도저히 못 다니겠다고 오늘은 꼭 말씀드려야지!'

하지만 막상 친척 아저씨를 뵈면 그 말을 차마 할 수가 없었다.

'시골 부모님은 내가 착실히 기술을 배우고 있는 줄 아실 텐데……. 여기서 그만두면 얼마나 실망하실까? 오늘은 참기로 하자!'

한 달, 두 달, 일 년이 되고, 삼 년이 되었다.

그즈음에 아는 분 소개로 만수는 다른 공업사로 옮기게 되었다.

그 공업사 주인은 정말 좋은 분이었다.

함께 일하는 사람들도 사람을 절대 막 대하는 일이 없었다.

친절하고 가족 같은 분위기였고, 자동차 수리가 들어오면 직원들을 불러 원인과 수리 방법에 대해 자세히 설명해 주셨다.

그리고 일 끝나면 가끔 저녁밥도 사 주시면서, "열심히 배워서 좋은 기술자가 되어야지!"라고 격려를 아끼지 않으셨다.

그 공업사에서 칠 년이란 시간이 지나갔다.

어느덧 일한 지 십 년이 되었고, 만수는 엔진 소리만 들어도 어디에 이상

토마토가 체리에게

이 있는지 알 정도의 실력으로 1급 자동차 공업사로 옮겨 일하게 되었다.

만수는 처음 일을 배울 때를 생각해 보았다.

'그 주인과 직원들의 욕설과 수모를 견디지 못했더라면, 오늘의 나도 없었을 것이다. 사람도 차도 아프면 소리를 낸다. 괜찮겠지 하고 그냥 내버려두면 나중엔 신음 소리를 낸다. 차는 실력 있는 정비사를 만나야 되고, 환자는 좋은 의사를 만나야 하는 것처럼…….'

6. 에어컨

휴가철이라 그런지 놀러 간다고 하는 사람들이 많아졌다.

해수욕장으로, 계곡으로…….

우리 집 트럭은 아빠의 재산 목록 1호다.

이 트럭을 타고 우리 가족은 소래에 가서 싱싱한 새우를 사다 먹기도 하고, 영종도에 가서 해물 칼국수도 먹었다.

이 트럭으로 우리 가족은 내일 놀이공원으로 가기로 했다.

양동이에 물을 떠다가 걸레에 물을 적셔 나는 유리를 닦고, 아빠는 차 몸통을 닦기 시작했다. 지저분했던 차가 닦을수록 말끔해져 갔다.

군데군데 칠이 벗겨지긴 했지만, 그런대로 봐 줄 만했다.

그날 저녁 밥을 먹을 때 아빠, 엄마가 입을 모아,

"야, 우리 트럭이 송훈이 덕분에 새 차가 됐네. 수고했어!"

아빠는 내 등을 다독여 주셨다. 엄마는 꼭 안아 주셨다.

다음 날 아침!

집 밖에 나와 보니 강한 햇빛에 차가 반짝거리는 것이 마치 내게 이렇게 말하는 것만 같았다.

'송훈아! 닦아 줘서 고마워!'

엄마는 아침 일찍부터 김밥을 싸고, 음료수도 챙기셨다.

아빠는 돗자리를 챙기셔서 엄마가 싼 김밥과 음료수를 들고 트럭에 타셨다.

아빠는 운전하시고, 엄마와 나는 오늘 어떻게 보낼까 궁리했다.

'놀이공원에 사람들은 많을까?'

신나게 놀이기구를 탈 생각을 하니 나의 마음은 벌써 놀이공원에 가 있는 듯했다.

"아빠! 빨리 가요!"

놀이공원 가는 길은 휴일이어서 그런지 차들이 많았다.

사거리 신호에 걸려 잠시 멈추었을 때, 옆에는 고급 승용차도 서 있었다.

그런데 그 차 안에 범준이와 그 가족이 타고 있었다.

나는 범준이를 보았지만, 범준이는 아직 나를 못 본 것 같다.

범준이네 차는 창문을 닫은 걸 보니 에어컨을 켠 것 같다.

아빠 차는 살 때부터 에어컨이 아예 없는 중고차였다.

그래서 우리 차는 차창을 내리고 가고 있었다.

나는 아빠에게 다급하게 말했다.

"아빠! 창문 좀 닫아 주세요!"

"왜!"

"옆 차에 우리 반 범준이가 타고 있어요."

"범준이가 어쨌는데?"

"저 차는 에어컨이 있는데, 우리 차는 에어컨이 안 되잖아요. 범준이가 다른 친구들한테 에어컨 없는 차라고 소문낼지도 몰라요."

아빠는 고개를 끄덕이며 차창을 올렸다.

우리 가족은 땀 흘리는 것도 참으며 표정 관리까지 해야만 했다.

다행히 신호가 바뀌었다.

토마토가 체리에게

범준이네 차는 언제 빠져나갔는지 보이지 않았다.

우리 가족은 휴 하고 한숨을 내쉬고 다시 차창을 내렸다.

얼굴과 목, 등까지 땀이 송골송골 맺혔다. 아빠는 말이 없으셨다.

순간 내가 큰 실수를 했다는 걸 깨달았다.

내 입장만 생각했지, 아빠와 엄마의 기분이나 자존심은 전혀 생각 못 한 것이다.

에어컨도 없는 차에 가족을 태워야만 하는 아빠는 얼마나 속상하셨을까?

아무 말 않으시고 내 말대로 해 주신 것이 너무 죄송하고 감사했다.

'아빠! 엄마! 조금만 기다려 주세요! 제가 크면 에어컨 빵빵 나오는 좋은 차 꼭 사 드릴게요!'

7. 고속도로 휴게소

얼마 전 시골에 있는 산소에 가게 되었다.

평일이라서 그런지 고속도로는 비교적 한산했고 하늘은 구름 한 점 없이 파랗기만 했다. 들녘엔 여물 대로 여문 고개 숙인 벼 이삭들이 흡사 노란 수채화 물감을 엎질러 놓은 듯했다.

차는 가을 속으로 달려갔고 드디어 도착한 산소 주위엔 고추잠자리 몇 마리가 산소 주위를 맴돌았다.

우리는 준비해 온 음식을 먹으며 이런저런 이야길 나누었다.

얼마 후 우리는 산에서 내려와 집으로 향했다.

올라가는 길은 차들이 좀 늘었는지 가다가 서기를 반복해야만 했고,

얼마쯤 달려 잠시 쉬었다 가기 위해 휴게소로 들어갔다.

휴게소엔 차들도 많고 사람들도 많았다.

우리는 식당에서 어묵 우동을 먹기 전에 화장실에 다녀오기로 했다.

아빠와 나는 화장실에서 먼저 나와 엄마를 기다렸다.

그런데 웬일인지 엄마는 20분이 지나고 30분이 지나도 화장실에서 나오시질 않았다.

'무슨 일이지? 사람이 너무 많아 줄이 긴가?'

그래서 나는 엄마에게 전화했지만 받지를 않으셨다.

나는 엄마가 염려되어서 여자 화장실 쪽으로 가 보았다.

그러나 나는 여자 화장실 안으로 들어갈 수는 없어서 입구 근처에서 안을 기웃거렸다.

그때, 엄마가 나오셨다. "엄마, 어떻게 된 거예요? 전화도 안 받고."

그러자 엄마는 사색이 다 된 얼굴로,

"진아! 큰일 났다."

"엄마! 왜요? 무슨 일인데요?"

"휴대폰을 잃어버렸어! 이 일을 어떻게 하냐?"

"어쩌다가요?"

"화장실 변기 수조 위에 휴대폰을 놓고 깜빡 잊고 나왔는데, 생각나서 다시 가 보았어!"

"그런데요?"

"그런데 내가 들어간 화장실이 몇 번째인지를 모르겠어! 그리고 사람들이 워낙 많아서 함부로 들어갈 수도 없었어!"

"엄마! 그러면 휴대폰 새로 장만할 때도 됐네요."

"휴대폰은 쓸 만큼 써서 잃어버려도 아깝지 않은데, 휴대폰 케이스 안에 신용카드가 들어 있어서 그게 문제야." 엄마는 땅이 꺼지게 걱정하셨다.

순간, 내 머릿속에 누군가 휴대폰을 주운 사람이 관리실에 맡겨 놓지 않았을까 하는 생각이 들었다.

"엄마! 혹시 누군가가 관리실에 맡겼을지도 모르니까, 같이 관리실로 가 봐요."

나와 엄마는 부리나케 관리사무소로 가서 직원에게 물었다.

"저희 엄마가 휴대폰을 분실하셨는데, 혹시 누가 휴대폰을 맡기지 않았나요?"

"그렇지 않아도 좀 전에 어떤 아주머니가 화장실에서 휴대폰을 발견했다며 맡기고 가셨어요."

그 직원은 선뜻 휴대폰을 내주지 않고,

"휴대폰 번호가 몇 번이세요?"

"010-1234-1234."

"휴대폰 케이스 색은요?"

"주황색."

"또 다른 건 없으세요?"

"케이스 속에 신용카드가 한 장 들어 있어요."

그러더니 그 직원은 자기 핸드폰으로 엄마의 번호를 눌렀고 벨이 울렸다.

우리는 휴대폰과 카드를 받고 안도의 한숨을 내쉬었다.

엄마는 많이 놀라셨는지 어묵 우동은 안 드시고 호두과자와 맥반석 구이 오징어만 차에 와서 드셨다.

엄마는 핸드폰을 맡겨 준 이름 모를 그분이 참 고맙다는 말을 여러 번 하셨다.

그런데 그 일 이후 지금까지도 엄마는 여전히 그 주황색 휴대폰 케이스 속에 카드를 넣고 다니신다.

"엄마! 제발 휴대폰 케이스 속에 신용카드 넣지 마세요!"

8. 우리 집 라디오

"뻐꾹~ 뻐꾹~"

"뜸북~ 뜸북~"

뒷산에선 뻐꾸기가 구슬피 울었고, 마을 앞 논에선 뜸부기가 울 때, 봄도 무르익고 있었다.

일곱 살이었던 나는 뜸부기가 어떻게 생겼는지 너무 궁금했다. 그래서 나는 하얀색 티셔츠와 검정 반바지를 입고 검정 고무신을 신고 부리나케 집을 나섰다.

뜸부기가 달아날까 봐 논 가까이 갔을 때, 발소리를 내지 않으려고 살금살금 뜸부기가 있는 논으로 다가갔다. 그런데 뜸부기는 어디론지 사라져 버렸다.

'뜸부기를 직접 보았으면 참 좋았을 텐데. 집에 가서 누룽지나 먹어야겠다!'

집에 가던 나는 혹시 친구가 집에 있지 않을까 하고 옆집엘 갔다.

옆집에는 친구는 없고, 종기 형이 라디오를 듣고 있었다.

그 형이 듣는 라디오는 네모난 나무통 속에 둥근 모양의 스피커가 들어 있었다.

나는 종기 형이 앉아 있는 마루에 가서 형 옆에 앉았다.

라디오에서는 마침 뉴스가 나오고 있었다.

"형! 기돈이는 어디 갔어요?"

"마을 뒷산 공터에 공 차러 갔나 보다."

"형은 심심하지 않아요?"

"라디오가 있잖아! 라디오를 들으면 심심하지 않아."

종기 형은 등이 앞으로 굽은 꼽추여서 밖으로 다닐 수가 없어서 라디오가 형의 유일한 친구가 되어 주었다.

나는 라디오가 어떻게 작동하는지 몹시 궁금했다.

'어떻게 저 작은 상자 속에서 사람의 목소리가 나오고 노랫소리도 나올 수가 있을까? 혹시 사람의 목만 저 통 안에 들어가서 소리를 내는 것이 아닐까?'

6학년 무렵, 나는 엄마에게 졸라서 우리 집도 라디오 유선방송을 신청하자고 해서 기사가 와서 설치해 주었다.

그날부터 라디오를 마음껏 들을 수 있었다.

그렇지만, 바람이 심하게 부는 날은 나무 전신주가 쓰러지면서 선이 끊기는 경우가 많아 며칠 동안 라디오 방송을 들을 수가 없었다.

이런 일이 자주 반복되었고 끝내는 더 이상 들을 수 없게 되었다.

그 무렵 우리 집에 빨랫비누만 한 소형 라디오가 생겼다.

일제 중고 라디오였는데 서울에 사는 누나가 보내 준 것이었다.

그 라디오는 그날부터 내 친구가 되었다.

유선방송은 채널을 선택할 수 없었지만, 라디오는 듣고 싶은 방송을 마음껏 들을 수 있어 좋았고, 소리도 아주 맑고 깨끗하게 들렸다.

고추 따러 밭에 갈 때도, 논에 새 쫓으러 갈 때도 들고 다녔다.

등에 사각 전지를 짊어진

검은 고무줄로 칭칭 동여맨

빨랫비누만 한 우리 집 라디오.

그 맑고 깨끗했던 소리

다 어디 가고

어느새 탁한 잡음 많아졌네.

너도 나처럼

나이를 먹는 거냐?

비 오면 비 온다고

눈 오면 눈 온다고

미리 말해 주던

고마운 내 친구.

9. 개구리 울음

새 아파트로 이사한 지 얼마 안 되었을 때 저녁 8시쯤 되었을까?

"개골개골 개골개골~"

장미꽃이 한창인 6월 밤 난데없이 어디선가 개구리 울음소리가 들렸다.

그것도 한 마리가 아닌 여러 마리가 여기저기서 요란스럽게 울어서 나는 '아파트 숲에 아니면 분수가 있는 주변 습지에 어디쯤 개구리들이 살고 있나?' 하는 의문을 가지게 되었다.

'낮에는 사람도 많고 덥기도 해서 조용한 밤에 우는가?'라고 생각했다.

한편, '이 주변에 습지가 있었나?' 그런 의문도 들었다.

그 옛날 모내기 철이면 시골 논에선 개구리들이 밤새 울곤 하였다. 거기다 산에선 뻐꾸기도 간간이 울곤 하였다.

간혹 개구리 울음소리가 시끄럽다고 하는 사람들도 있었다. 나는 고향에 온 것처럼 좋기만 하던데.

개구리는 여름에서 가을까지 주로 밤에 잠깐씩 울곤 하였다.

그러던 어느 날, 개구리 울음소리가 더 이상 들려오지 않았다.

'누가 시끄럽다고 해서 개구리들이 안 울기로 했나?'

개구리나 새, 곤충 동물들이 내는 소리가 우는 소리인지, 아니면 노래하는 소리인지 아직도 난 잘 모르겠다.

평소처럼 산책하다가 같은 아파트에 사는 아는 분을 만났다.

"요즘 밤에 개구리가 통 울지를 않아요."

내 말은 들은 그분은 한참 웃기만 했다.

"왜요?"

"처음엔 저도 개구리가 실제로 우는 줄만 알았는데, 나중에 알고 보니 관리 아저씨가 분수 주위에 개구리 울음소리를 녹음한 걸 틀어 주신 거래요."

"그런데 요즘은 왜 안 트는 거예요?"

"몇몇 사람이 시끄럽다고 해서 틀지 못한다고 하네요."

'나는 좋기만 하던데……..'

삭막해 보일 수 있는 도심 아파트 단지에 자연 친화적인 개구리 울음소리를 들려주자고 아이디어를 낸 분 그리고 선뜻 실행에 옮긴 분들에게 감사드리고 싶다.

우리가 도시에서 개구리 울음소리를 어디 가서 들을 수 있겠는가?

한여름 밤새 울어 대는 매미 소리는 그야말로 수면 방해다. 매미 소리에는 한 마디도 못 하면서 듣기 좋은 개구리 울음소리보고 시끄럽다고 하는 사람을 이해할 수가 없다.

올여름도 울창한 숲 그늘과 인공폭포의 물 떨어지는 소리와 함께 조금씩 가을을 향해 나아가고 있다.

세월이 갈수록 자연이 그립다.

어린 시절 시골에 살 때에 장마가 시작되기 며칠 전, 아주 작은 청개구리가 나무에서 계속 쉬지 않고 울어 댔다.

어머니는 청개구리가 우는 걸 보니까 비가 와도 아주 많이 오겠다고 하셨다. 그날 저녁부터 천둥, 번개가 요란하게 치고 사흘 동안 쉬지도 않고

토마토가 체리에게

큰비가 왔다. 5월과 6월의 시골 밤에는 개구리들의 합창과 풀벌레들이 내는 자연의 소리를 들을 수 있었다. 순수하고 맑은 그 소리가 참 그립기만 하다.

10. 지하철에서 생긴 일

가고 싶은 곳이 어디든 사람들은 오늘도 분주히 지하철로 움직인다.

정윤이와 정빈이는 모처럼 시간을 내어 지하철을 몇 번 갈아타고 이모 집엘 놀러 갔다.

"둘 다 안 본 사이에 너무 예뻐졌구나!"

영서 언니는 정윤이와 정빈이를 반갑게 맞이해 주셨다.

영서 언니는 이모의 하나밖에 없는 외동딸이다.

철도 회사에 다니고 있고 성격도 좋고, 인물도 좋아서 직장 내에서 인기도 꽤 많다고 한다.

영서 언니는 정윤이와 정빈이를 자기 방으로 안내해 주었다.

언니 방문을 열어 보니 맞은편 벽에 달리는 열차의 그림이 커다랗게 걸려 있었다.

셋은 침대에 걸터앉아서 이런저런 이야기를 나누었다.

"언니! 지하철에 관련된 일화가 있으면 들려주세요." 정윤이가 말했다.

"내가 직접 경험한 건 아니지만, 지하철 초창기 때에는 재미있는 일들이 아주 많이 있었어."

"그럼 그 이야기들을 들려주세요." 정빈이가 말했다.

"두 가지만 들려줄까?"

"좋아요."

"재미있겠다."

"지하철이 출발하려고 출입문을 닫는 순간, 한 아저씨가 잽싸게 뛰어 탔어. 그런데 발뒤꿈치가 출입문에 낀 거야!"

"저런 어째!"

"그래서 어떻게 되었어요?"

"그 아저씨는 간신히 발을 뺐지만 구두 한 짝은 지하철 밖으로 떨어졌지 뭐야.

밖에 있는 구두 한 짝을 보며 아저씨가 안절부절 어찌할 줄 몰라 하고 있는데 출입문이 열리는 거야. 그래서 아저씨는 구두 한 짝을 가지러 지하철에서 내렸고.

그런데 지하철 밖에 서 있던 어떤 중학생이 아저씨를 도와주려고 구두한 짝을 집어 들고 '아저씨! 구두 여기 있어요.' 하며 지하철 안으로 던져버렸어. 그러자 출입문은 닫히고 지하철은 출발하였어."

"어쩌면 좋아." 정윤이와 정빈이는 안타까워했다.

"아저씨는 아까보다 더 난감해졌고. 남을 도와주려고 했던 중학생은 얼마나 무안했을까?"

정빈이가 말했다.

"아저씨가 조금만 마음의 여유를 가지고 다음 차를 탔더라면, 이런 일도 없었을 텐데. 지하철 안에 구두 한 짝은 어떻게 되었을까?"

정윤이가 안타까운 듯 말했다.

"이번엔 아줌마들의 좌석 쟁탈전이야."

"재미있다."

"빨리 들려주세요."

정윤이와 정빈이가 재촉을 했다.

"지하철이 도착하고 출입문이 열리자 사람들은 지하철 안으로 들어섰고, 중간쯤 좌석 한 자리가 비어 있었는데, 빈자리를 본 두 아줌마는 그 자리를 향해 전속력으로 질주했지 뭐야. 간발의 차이로 한 아줌마가 엉덩이를 좌석에 붙였고, 다른 아줌마는 좌석에 앉은 아줌마의 무릎에 앉아 버렸어. 그 상태로 두 아줌마는 서로 아무 말도 하지 않은 채 그렇게 다섯 정거장을 갔고, 아무 일 없었다는 듯 각자 갈 길로 갔어. 그것을 본 손님들은 웃음을 참느라 힘들었대."

정빈이가 한마디 했다. "도대체 자리가 뭐라고 그 난리를 친 거야?"

정윤이도 한마디 했다. "그게 요즘 말하는 아줌마의 힘 아니겠어?"

11. 목화

오늘은 오전 수업만 하는 날이다.

승환이와 병수는 늘 다니는 길이 아닌 색다른 길로 가 보기로 했다.

그 길엔 저수지가 있다.

물고기가 살고 있는지 없는지는 알 수 없지만, 물가로 걸어가면 물에 사람들의 그림자가 비치곤 했다.

저수지를 지날 때, 승환이와 병수는 왠지 물귀신이라도 나올까 봐 서둘러 그곳을 벗어났다.

집으로 가는 길은 좀 낯설기도 했지만, 둘은 논과 밭에 심어 놓은 농작물들을 구경하면서 가느라 시간 가는 줄 몰랐다.

고구마밭도 있고, 콩밭도 있고, 수수밭도 있고, 목화밭엔 자두만 한 목화가 초록빛으로 밭두렁마다 주렁주렁 달려 있었다.

탐스러운 목화를 한 알 따 먹어 보면 어떨까 하는 생각이 들었다.

승환이와 병수는 누가 볼세라 주변을 두리번거린 다음 밭고랑에 탐스럽게 열린 목화를 뚝 따서 얼른 입안에 넣고 오물오물 씹었더니 금세 입안 가득 목화의 달콤한 단물이 느껴졌다. 승환이와 병수는 한 알씩을 더 따서 얼른 입안에 넣고 달아나기 시작했다.

마치 누군가 자신들을 뒤쫓아 오는 것만 같아 불안하기까지 했다. 뒤에서 목화밭 주인이 '이놈들 왜 남의 목화는 따 먹는 거냐? 거기 서라' 하고 고함소리가 들려오는 것만 같아서 더 빨리 뛰었다.

사실은 아무도 쫓아오는 사람은 없었다.

다음 날, 학교 가는 길에 승환이가 병수를 기다리고 있었다.

승환이는 좋은 일이 있는 듯 웃으며 병수에게 다가갔다.

그러더니 대뜸 "어제 어땠어? 오늘 한 번 더 갈까?"

순간 병수는 뭐라고 말해야 할지 망설였다.

사실은 병수도 그곳에 또 가고 싶었다.

병수는 입안에 침이 나오는 걸 자꾸 삼켜야만 했다.

그렇다고 냉큼 가자고 할 수는 없었다.

왜냐하면, 한 번 또 가면 자꾸 가게 될 것 같은 생각이 들었기 때문이었다.

어제만 해도 승환이와 병수는 두 개씩 네 개나 몰래 따 먹었는데, '주인이 알면 얼마나 속상해할까?' 생각하니 선뜻 가자고 말할 수가 없었다.

언젠가 병수네 밭에 고구마를 누가 몰래 캐 간 적이 있었다.

그때, 병수 엄마는 무척 속상해하셨다.

'포근하고 따뜻한 누군가의 이불이 될지 모를 솜을 절대 축내면 안 되지.'

그래서 병수는 승환이에게 "주인이 알면 무척 속상해할 거야!"

그 말에 승환이는 풀이 죽은 모습으로 고개를 끄떡거렸다.

그 일 이후 승환이와 병수는 그 목화밭에 다시 가지 않았다.

토마토가 체리에게

12. 캐리어 박 여사

캐리어는 나의 유일한 외출 친구다.

사람들은 나를 캐리어 박 여사라고 부른다.

그렇게 불릴 때마다 왠지 젊어진 것 같은 기분이 든다.

얼마 전, 딸과 함께 베트남으로 여행 갈 때 입은 옷을 입고 선글라스와 모자를 쓰고, 캐리어를 끌고 시장에 갔다.

"구경하고 가세요! 잘해 드릴게요!"

"이거 얼마예요?"

물건 하나라도 더 팔아 보겠다고 지나가는 손님을 향해 상인들이 외치는 소리는 나로 하여금 활기를 느끼게 한다. 열심히 사는 모습이 오늘따라 정겹게 느껴진다.

나는 단골 건어물 가게로 갔다.

"어서 오세요!"

"안녕하세요."

"박 여사님 아니세요? 모자와 선글라스를 쓰셔서 몰라뵈었습니다. 어디 좋은 데 다녀오셨나 봐요?"

"딸과 함께 베트남 다녀왔어요!"

"김하고 멸치 좋은 게 들어왔는데 드릴까요?"

"네, 주세요!"

계산하고 건너편 생굴 가게로 가서 싱싱한 굴을 샀다.

그리고 과일가게를 들러 귤과 감을 사서 집으로 향했다.

집에 온 나는 캐리어를 물티슈로 정성껏 닦았다. 바퀴까지…….

주일에는 나도 모르게 캐리어를 끌고 교회로 갔다.

교회에 도착하고 보니 내 손에 캐리어가 있었다.

"권사님, 어디 여행 다녀오셨어요?"

"……."

나는 어떻게 말해야 할지 몰라서 약간 뜸 들이다가,

"제가 요즘 기억력이 예전 같지 않아서 이 캐리어에 목사님 말씀을 담아 가려고요!"

그러자 주변 교인들이 고개를 끄덕이며 웃었다.

한번은 절친한 친구 금순이와 점심 약속을 하고 캐리어를 끌고 식당에 갔다.

식당에는 금순이가 먼저 와 있었다.

"여기야!"

나는 웃으며 금순이에게 가서 캐리어를 식탁 옆에 세워 두고 의자에 앉았다.

"식당에 오는데 캐리어는 왜 끌고 온 거야?"

"얘는 맛있는 음식을 먹을 순 없지만 냄새라도 맡게 해 줘야지."

금순이와 나는 식당 손님들이 보거나 말거나 한참을 웃었다.

금순이와 식사를 마치고 우리는 카페에 갔다.

곡물 라떼 두 잔을 주문해서 정답게 대화를 나누며 마신 후에 금순이는 마트에 장 보러 가고, 나는 집으로 향했다.

토마토가 체리에게

집으로 오는 길에 나는 캐리어에게 마음속으로 말했다.

'나는 네가 있어서 든든하다!'

13. 이름으로 삼행시 짓기

"오늘 교내 삼행시 짓기 대회가 있는데, 다들 열심히 해서 우리 꼴찌 탈출 한번 해 보면 어떨까?"

"……"

6학년 2반 아이들은 선생님 말씀에 쥐 죽은 듯 조용해졌다.

그때, 고요를 깨고 제한이가 불쑥 말했다.

"선생님! 우리가 지금은 비록 꼴찌지만 꼴찌가 일등 되고 일등이 꼴찌 된다는 말이 있습니다."

그러자 옆에 있는 제이가,

"입은 삐뚤어져도 말은 바로 해야지. '먼저 된 자 나중 되고 나중 된 자 먼저 된다'야!"

"오! 역시 제이야!"

"맞아! 맞아!"

선생님은 팔짱을 낀 채 빙그레 웃고만 계셨다.

이번엔 중간쯤 앉은 준이가 말했다.

"선생님! 기대가 크면 실망도 크다는 말도 있습니다. 너무 기대 안 하시는 게 좋을 것 같아요!"

"애들아! 이번 교내 삼행시 짓기 대회는 다른 때보다 상품이 푸짐하단다."

선생님의 말씀에 아이들은 호기심 어린 얼굴로 선생님을 바라보았다.

"1등을 하면 노트북과 문화상품권을 받을 수 있어!"

'노트북'이라는 말에 아이들은 눈을 빛내고 있었다.

"얘들아! 백일장에서 누구든지 등수 안에 들면 내가 자장면을 우리 반 전체에 사 줄게!"

그러자 아이들은 '와~~' 하고 교실이 떠나가도록 소리를 질렀다.

운동장 가장자리에는 오래된 겹벚나무가 여러 그루 있었다.

아이들은 새하얗게 꽃이 핀 겹벚나무 아래에 자리 잡았다. 그리고 각자 시를 쓰기 시작했다.

지우는 백해련 선생님 이름으로 시를 썼다.

'백목련 해당화 연꽃.'

짝꿍 다현이는 추나정 선생님으로 시를 썼다.

'추수할 곡식 들녘엔 풍성한데 나에겐 걱정과 근심뿐이네. 정말 심지도 않고 거둘 생각만 했으니.'

제한이는 현지 선생님 이름으로 시를 썼다.

'현금 지금 입금.'

제이는 김도훈 선생님 이름으로 시를 썼다.

'김밥 도넛 훈제 오리구이.'

제한이와 제이는 서로의 글을 보고 한참 동안 웃었다.

명주안과 명주찬은 자기 이름으로 시를 썼다.

'명년에는 주옥같은 성경 안 보고도 줄줄 외우리.'

'명심해야지. 주는 것이 받는 것보다 더 행복하다는 것을. 찬 얼음도 사랑 앞에선 녹지 않을 수 없지요.'

해인이도 여옥 선생님으로 시를 썼다.

'여태 왜 몰랐을까? 옥구슬처럼 예쁜 선생님을.'

제인이는 한국인 선생님 이름으로 시를 썼다.

'한국인이라면 국화인 무궁화처럼 인정받을 때까지 뭐든 해 봐야지.'

준이는 자기 이름으로 시를 썼다.

'김치는 우리의 것! 준이는 자랑스러운 한국인!'

민경이는 허솔 선생님 이름으로 시를 썼다.

'허수아비! 선생님과는 어울리지 않아. 솔향기 솔솔. 애들아, 상큼이는
어때?'

진영이는 김한표 선생님으로 썼다.

'김은 금으로도 쓰임 받죠.

한결같이 빛나는 반짝임

표면은 좀 무른 듯 속은 단단한 보석.'

서하도 오건 선생님 이름으로 썼다.

'오늘 하루는 분명 어제보다 나을 거예요.

건강하세요!'

아영이는 이안 선생님 이름으로 글을 썼다.

'이 아름다운 세상!

안전은 우리의 희망이에요.'

다음 날, 우리 반은 한바탕 난리가 났다.

우리 반이 1, 2, 3등을 다 차지했기 때문이다.

"애들아! 고맙다. 자장면 먹으러 가자!"

14. 반포천 피천득길

혼자 걸으면 외롭지 말라고
참새 몇 마리 날아와 짹짹짹짹 입으로 박수를 친다.
둘이 걸으면 도란도란 마음을 나누라고
길 옆 나무들이 저마다 향기로 속마음을 보여 준다.
여럿이 걸으면 앞서거니 뒤서거니 빠르지도 느리지도 말라고
시냇물은 함께 가라고 한다.

처음 오면 낯설어 말라고
다소곳이 발자국 소리도 들어 주는 오솔길!
오다 가다 스치는 사람들
그게 바로 인연이라고 말해 줄 것 같은
동상이 되어 버린 피천득 선생.

봄 되면 동심으로 개나리꽃처럼 물들고
벚꽃이 함박눈처럼 피었을 때 설레던 환호성!
사진처럼 또렷한데
여름으로 가는 아카시아 향기가 길손들의 마음을 적셔 놓는다.

숲길을 걷노라면
더워도 더운 줄 모르고
추위도 추운 줄 모른다.
누가 이유를 묻는다면 혼자가 아니기 때문이다.

길옆에 장승처럼 우뚝 서서
더위와 추위를 막아 주는 나무들이 길벗이고,
심심하지 말라고
지저귀는 참새들은 소리 벗이고,
향기로 빛깔로 기쁨을 주는 꽃들이
마음 벗이기 때문이다.

외로운 이들이여!
괴로운 이들이여!
잊으려 애쓰지 마라.
가지려고 안간힘 쓰지 마라.
참새처럼 적게 먹고 나무처럼 있는 듯 없는 듯 살고
꽃처럼 베풀며 살자.

토마토가 체리에게

15. 단돈 천 원

예전에 지하철을 타게 되면 꼭 물건을 파는 사람들을 만나곤 했다.

그 물건들은 대부분이 쉽게 망가지거나 고장 나 쓸 수 없는 중국산 물건들이었다. 나도 혁대와 부채, 라디오를 샀다가 후회한 적이 많았다.

그런데 특이하게 잊히지 않는 판매원이 한 사람 있었다.

양복을 말끔히 입고 정중하게 승객들에게 인사를 한 청년은 이렇게 말했다.

"손님 여러분께 잠시 양해 말씀드립니다. 볼펜 하나 가지고 나왔습니다. 보시다시피 국내산이고요. 경기 부진으로 수출길이 막혀 부득이 이 자리에 서게 된 점 다시 한번 양해 말씀드립니다. 먼저, 이 볼펜은 손잡이 부분이 오목하게 특수 실리콘 처리가 되어 있어서 오래 쥐어도 손가락이 아프지 않습니다. 두 번째는 2백 미터까지 선을 그을 수 있을 만큼 잉크양이 많습니다. 세 번째는 아무리 오래 써도 찌꺼기가 나오지 않습니다. 그래서 수험생이 공부한다면 쓸 글씨가 막힘없이 술술 잘 써지기 때문에 시험도 잘 볼 수가 있고요, 자신감을 가질 수가 있습니다. 자격증, 승진, 시험, 면허증 시험도 이 볼펜으로 공부하고 나면 합격은 따 놓은 당상이 되겠습니다. 또 젊은이들이 이 볼펜으로 사랑을 고백하는 편지를 쓴다면 시적인 표현이 잘 떠올라 멋진 사랑 고백을 할 수 있을 것입니다. 친구, 연인, 선후배, 은사님들께 지인들께 선물 한번 해 보십시오. 사람 좋다는 소리 꼭 들으실 겁니다. 가격은 단돈 천 원입니다. 공무원 시험, 사법시험 공부하시는 분, 임용고시 준비하시는 분 꼭 이 볼펜으로 공부하셔서 당당히 합격하십시오! 시험도 인생도 술술 잘 풀릴 것입니다. 인생에 기회는 몇 번 없습니다. 살걸 후회하지 마시고 단돈 천 원으로 행운을 잡으십시오. 만일 저의 말이 틀렸다면 제가 돈을 내드릴 수는 없지만 저에게 욕을 하셔도 좋습니다. 단 최선을 다했는가 꼭 한번 생각해 보십시오. 감사합니다!"

이 말을 듣고 거의 대부분 사람들이 사는 것이었다.

그 사람 말처럼 진짜 좋은 볼펜이었는지는 모르지만, 판매원의 입담이 어찌나 유창한지 듣는 사람 누구라도 꼭 사야 할 것만 같은 생각이 들지 않을 수가 없었다.

그 볼펜맨은 지금 무엇을 하며 사는지 지하철을 탈 때면 가끔 그 청년이 생각나곤 한다.

토마토가 체리에게

16. 만병통치약

어느 날, 조용한 우리 시골 마을에 약장사가 들어왔다. 그냥 약장사가 아니라 밤에 심청전과 같은 연극을 한다고 한다.

마을을 돌아다니며 그들은 확성기로 안내 방송을 하고 다녔다.

"오늘 밤 7시 반까지 마을회관 앞으로 한 분도 빠짐없이 온 가족이 다 나오셔서 돈 주고도 볼 수 없는 공연 꼭 보시기 바랍니다."

온 동네 사람들에게 잔뜩 기대와 호기심을 갖게 한 공연 시간이 점점 다가오자, 나는 저녁밥을 먹는 둥 마는 둥 하고 지은 언니에게 말했다.

"언니 공연 보러 갈 거지?"

"당연히 가 봐야지. 너도 같이 가자."

지은 언니와 나는 회관으로 갔다.

회관 앞은 벌써 동네 사람들로 가득했고 왁자하게 소란스러웠다.

무대에는 알록달록 치장한 배우들이며 악사들이 점검 중이었다.

사회자는 "이제 다 오셨으면 연극을 시작하겠습니다"라고 했다.

"방금 동남아 순회공연을 마치고 돌아온 연극단을 소개합니다. 힘찬 박수 부탁드립니다." 징 소리와 함께 드디어 연극이 시작되었다.

애잔한 아코디언 연주와 함께 심청이 그 부친과 밥을 먹으며 홀로 남게 될 아버지께 '저 없더라도 식사 거르지 마시고 건강히 잘 지내셔야 한다'고 눈물 어린 당부를 드리는 장면에서 벌써 마음 약한 어른들은 눈물을 흘리기도 했다.

밥상을 물리고 달을 보며 아버지의 건강을 비는 심청의 기도 소리는 그곳에 있는 사람들의 눈시울을 뜨겁게 했다.

심청이 배를 타고 재물로 팔려 가는 동안 홀로 남은 아버지에 대한 염려와 기도로 목 놓아 우는 장면에선 내 눈에서도, 지은 언니 눈에서도 눈물이 흘러내렸다.

심청이가 아버지 하며 외치는 장면에서 연극이 멈추고 잠시 쉬는 시간을 갖는다며 약 선전을 하였다.

"일하다 보면 농기구나 칼에 베인 상처나 삔 데, 멍든 데, 벌레 물려 가려운 데, 벌에 쏘였을 때, 이 연고를 바르시면 아주 좋습니다."

그러자 여기저기서 하나 달라는 말이 나왔다. 우리 엄마도 샀고 많은 사람이 그 약을 샀다. 아니, 그냥 사 주었다. 한마디로 '만병통치약'이라고 선전하는 그 약이 나는 믿음이 가지 않았다. 동네 사람들은 성분이나 허가 여부는 그리 중요하지 않다는 듯 그저 연극 다음 장면이 궁금한 것 같았다. 다시 징이 울리고 연극 2막이 시작되었다.

심청이 아버지가 눈을 떠서 왕비가 된 심청이를 알아보고 감격의 눈물을 흘리는 장면에서 마을 사람들은 모두 박수를 쳤다.

연극단원들이 모두 관객에게 인사를 하고 아코디언 반주에 맞추어 합창했다. 그러고는 연극이 모두 끝이 났다. 집으로 돌아오면서 나는 생각했다.

'우리 가족 모두 오래오래 건강하기를~~'

17. 옥수수

집 곁 텃밭
줄기마다 팔뚝만 한 알 밴 옥수수
자줏빛 꽃 수염 조금씩 말라 갈 때
몇 겹 옷 벗기면
온몸 알알이 박힌
진주!
어떻게 알았는지
배고픈 풍뎅이들
옥수수의 수액을 빨아 댔지.

아궁이 불 때서
양은솥 가득 옥수수 익는 냄새.
구수했지! 잘 익은 옥수수
양손을 잡고 호호 불며 먹던 영숙이.
식기 전에 큼지막한 걸로
두어 자루 양푼에 담아
낮잠 자는 옆집 숙자 언니 갖다주면
하모니카 불듯 아껴 먹곤 했지.

구슬보다 작고 수수보다 굵은

이름도 예쁜 옥수수!

휙 지나간 세월

몇 자루인가?

토마토가 체리에게

18. 풍금 소리

　도연이는 혼자 남아서 교실 정리를 마치고 집으로 가기 위해 운동장을 지나다가 어디선가 들려오는 풍금 소리를 들었다.

　'어느 교실에서 누가 치고 있을까?'

　도연이가 풍금 소리에 이끌려 소리 나는 곳으로 가 보았더니 4학년 1반 교실이었다.

　뒷문을 살그머니 열고 안을 들여다보니 새로 오신 지 얼마 되지 않은 젊고 예쁜 선생님이 풍금을 치고 계셨다.

　평소 도연이가 흥얼거리는 '섬집 아기'라는 곡이었다.

　"엄마가 섬 그늘에 굴 따러 가면 아기가 혼자 남아 집을 보다가 파도가 들려주는 자장노래에 팔 베고 스르르르 잠이 듭니다."

　어느새 도연이는 교실 뒤편에 서서 허밍으로 조용히 따라 부르고 있었다.

　"넓고 넓은 바닷가에 오막살이 집 한 채 고기 잡는 아버지와 철모르는 딸 있네.

　내 사랑아 내 사랑아 나의 사랑 클레멘타인 늙은 애비 혼자 두고 영영 어딜 갔느냐."

　선생님은 '클레멘타인'도 연주하셨다.

　'어쩌면 내 마음을 저리도 잘 아실까?'

　둘 다 도연이가 좋아하는 곡이었다.

도연이는 이 곡들을 들을 때면 왠지 가슴이 뭉클했다.

이런저런 생각을 하고 있는데 풍금을 치던 선생님과 눈이 마주쳤다.

선생님도 놀란 듯 잠시 말이 없으셨다.

"이름이 뭐니?"

"김도연이에요."

선생님은 자리에서 일어나셔서 도연이에게 걸어오셨다.

"풍금 소리를 좋아하니?"

도연이는 쑥스러워하며 고개를 끄덕였다.

선생님은 도연이의 머리를 부드럽게 쓰다듬어 주시며,

"언제든지 풍금 배우고 싶으면, 공부 끝나고 나한테 오렴."

"예."

도연이는 선생님께 인사드리고 교실 문을 나와 집으로 향했다.

'잘됐다. 안 그래도 풍금을 마음껏 치고 싶었는데…….'

그런 생각을 하니 집으로 가는 발걸음이 마냥 가볍고 신이 났다.

며칠 후, 도연이는 4학년 1반 교실 근처를 지나가면서 왠지 두근두근 설렜다.

'오늘은 풍금 소리가 안 들리네?'

도연이는 궁금하여 교실 뒷문을 살짝 열어 보았다.

선생님은 오늘은 풍금을 치는 대신 창밖을 보고 계셨다.

도연이가 멋쩍어서 문을 닫으려고 하는 순간,

"도연아, 왔으면 들어와야지?"

도연이는 부끄러워 얼른 인사를 하고 천천히 선생님 곁으로 다가갔다.

"풍금 치고 싶지?"

"네." 도연이는 작은 소리로 대답했다.

"이리 앉아."

선생님은 도연이의 손을 잡고 풍금 의자에 앉게 하셨다.

선생님은 도연이에게 풍금의 기본 자리를 손가락으로 짚어 주셨다.

또 발로 페달을 밟는 법도 친절히 알려 주셨다.

"어떻게 해야 선생님처럼 잘 칠 수 있을까요?"

"자꾸 쳐 봐야 해! 연습을 많이 할수록 잘할 수 있어."

선생님은 도연이를 일어서게 하시고 풍금 의자에 앉으셔서 '섬집 아기' 를 연주하셨다.

도연이는 너무 기뻐서 큰 소리로 하마터면 따라 부를 뻔한 걸 간신히 참았다

'나도 이다음에 꼭 선생님처럼 아름다운 연주를 하고 싶다.'

19. 꿀벌

계절마다 어김없이 꽃은 핀다.

사과꽃, 배꽃, 매화꽃, 목단꽃, 작약꽃, 도라지꽃, 아카시아꽃, 밤꽃, 호박꽃이 피고 또 다른 꽃이 피기 시작하면 꿀벌들은 꽃가루를 얻기 위해 분주하다.

이때 꽃가루를 구해야지 꽃이 지면 헛일이다.

"오늘은 꿀 따러 가기 참 좋은 날씨다."

선봉을 맡은 꿀벌 봉구는 다른 꿀벌들에게 말했다.

"얘들아, 아카시아 꽃이 있는 먼 산속으로 날아갈 텐데 무리에서 절대 이탈하면 안 돼! 잘 따라와야 해!"

말을 마치자마자 봉구는 하늘을 향해 날아올랐다.

그 뒤를 따르는 수많은 꿀벌들이 붕붕대며 봉구 뒤를 따라갔다.

'제발, 말벌 떼를 만나지 말아야 할 텐데. 사나운 새들도 만나지 말아야 할 텐데.'

봉구는 이런저런 걱정이 되었다.

그래도 봉구는 정신을 똑바로 차리고 아카시아 꽃이 있는 산속을 향해 희미한 꽃향기를 음미하며 날았다.

가끔 무리가 잘 따라오는지 뒤돌아보는 것도 잊지 않았다.

다행히 다들 잘 따라오고 있었다.

몸이 지칠 무렵 저만치 앞에 숲이 보였다.

느낌상으로 목적지에 거의 다 온 것 같았다.

아카시아 꽃내음이 훨씬 더 진하게 느껴졌다.

숲 모퉁이를 돌자, 드디어 새하얗게 핀 아카시아 꽃나무가 보였다.

"바로 저기야! 다 왔다!"

봉구가 소리치자 꿀벌들은 화답하듯 더 큰 소리로 붕붕댔다.

봉구는 아카시아 주위를 크게 한 바퀴 돈 다음 꿀벌들에게 말했다.

"안심하고 꿀을 따라!"

봉구도 다른 꿀벌들과 함께 꿀을 따기 시작했다.

아카시아 꽃내음은 황홀할 만큼 좋았다. 꽃가루와 꿀도 달았다.

봉구는 할 수만 있다면 이 꽃 속에서 오래도록 살고 싶다는 생각이 들었다.

정신없이 꽃가루와 꿀을 따던 봉구는 이제 돌아가야 할 시간이 되었음을 느꼈다.

"자, 이제 돌아갈 시간이야! 집에 가자!"

봉구는 아까처럼 나무 주위를 한 바퀴 돌며 이렇게 말했다.

"아카시아 나무야! 정말 고마워! 좋은 꿀을 딸 수 있게 해 줘서……."

몸에 꿀과 꽃가루를 잔뜩 지닌 봉구와 꿀벌들은 몸은 무거웠지만 마음은 가뿐했다.

20. 부채

옛날에는 궁궐이나 양반들은 합죽선을 사용했고, 시민들은 막부채를 사용했다.

얼마 전, 아들이 지인한테 선물로 받은 합죽선을 내게 주어 여름 내내 시원하게 보냈다.

외출할 때 그 부채를 손에 쥐고 차나 사람을 기다릴 때 또는 걸을 때, 햇빛 가리개로도 딱 좋았다. 남들 땀 흘릴 때 손으로 쫙 펴서 부치면 또 얼마나 시원하던지 아들에게 선물해 주신 그분께 감사의 마음을 전한다.

합죽선을 쫙 펴 보면 장인의 숨결이 절로 느껴진다.

부채 아랫부분은 조금 두껍고, 윗살은 종이처럼 얇다.

대나무를 하나하나 똑같은 두께로 다듬고, 한지에는 사군자나 한시로 한결 멋을 더해 주었다. 이 부채를 쫙 펴서 부치면 황새의 날갯짓으로 일으킨 시원한 바람이 내가 왠지 선비가 된 기분이 들게 한다. 그래서 난 이 합죽선을 죽선이라고 부른다.

여름이 되면 죽선이와 나는 정다운 임처럼 외출하고, 잠들 때는 침대 머리맡에 죽선이를 두고 잔다.

하루는 은행에 거래할 일이 있어 잠깐 들렀는데 직원이 은행 명칭이 새겨진 막부채를 하나 주었다. 나는 그 부채를 받는 순간 옛날 어렸을 때 일이 떠올랐다.

과거 시골에서 저녁은 꼭 마당에 둥근 멍석을 펴고 그 위에 앉아 밥을 자주 먹었다.

모깃불을 주위에 피워 놓고 얼큰한 호박 찌개, 수제비 칼국수를 먹었다.

밥을 다 먹고 멍석에 팔베개하고 다리 쭉 펴서 누운 나를 엄마는 부채로 모기를 쫓기도 하고 시원하게 부채질도 해 주셨다. 스르륵 잠들면 엄마가 "방에 들어가 자야지!" 하시면서 깨워 주시곤 하셨다.

하늘엔 하얀 달이 감자처럼 떠 있었다.

그때 엄마가 들려주시던 옛날이야기가 새삼 그립다.

토마토가 체리에게

21. 고추 따던 날

내 어린 시절의 동네에는 100여 호의 집이 있었는데, 마을에는 네 개의 공동우물이 있었다. 아무리 가물어도 이 우물들은 마르지 않았고 물맛도 아주 좋았다.

동네 사람들은 이 물을 길어다 먹었고, 우물가에서 빨래도 했다.

우리 집은 한 집 건너 가까운 곳에 있는 우물을 사용했다.

그리고 집에서 동남쪽으로 걸어서 10분 정도의 거리에 공동묘지가 있는 야산에 고추밭이 있었다. 엄마와 나는 고추를 따러 갔다.

가만히 있어도 쉴 새 없이 땀이 났다. 이마와 얼굴, 목에 흐르는 땀을 닦으랴, 빨갛게 잘 익은 고추를 따랴 정신이 없었다.

나는 어릴 때부터 시력이 약해서 완전히 빨갛게 익은 고추를 따야 하는데 앞에는 빨갛고 뒤에는 퍼런 고추를 땄다가 엄마에게 야단을 맞았다.

"천천히 잘 보고 앞에도 뒤에도 다 익은 걸 따야 돼."

나는 자세히 들여다보고 또 만져도 보면서 따느라 더디게 땄다.

등도 얼굴도 불에 댄 듯 화끈거렸다.

'어디서 시원한 바람이라도 불어와 준다면, 어디서 흰 구름이든 먹구름이든 해를 가려 준다면, 얼마나 좋을까?'

혼자 속으로만 생각했다.

엄마도 더우신지 머리에 쓴 수건을 벗어 얼굴에 땀을 닦고 계셨다.

하늘에는 구름 한 점, 바람 한 점 없는 그야말로 뙤약볕이었다.

"집에 고추 갖다 놓고, 우물에 가서 세수도 좀 하고, 주전자에 시원한 물 좀 떠 와라!"

"네."

나는 엄마가 딴 묵직한 포대에다가 내가 딴 얼마 안 되는 고추를 담아서 어깨에 메고 집으로 향했다.

나는 집에 오자마자 포대에 든 고추를 마당에 펴 놓은 멍석 위에 잘 마르도록 넓게 펴 놓고 우물에 가서 두레박으로 물을 길어 세수했다.

또 배가 부르도록 실컷 마셨다. 정말 시원했다. 이제 좀 살 것 같았다. 그리고 얼른 양은 주전자에 시원한 물을 가득 담아 엄마가 계신 고추밭으로 달려갔다.

밭에 도착했을 때, "엄마, 시원한 물 가져왔어요."

엄마는 주전자 뚜껑에 물을 따라 천천히 마셨다.

"이제야 살겠네."

엄마는 한참 동안 주전자를 들고 보시더니,

"날씨가 얼마나 더웠으면 주전자도 이렇게 땀을 흘릴까?"

주전자를 보니 겉에 물방울이 송골송골 맺혀 있었다.

"정말이네."

물이 미지근해지기 전에 얼른 고추를 땄다.

나는 또 고추가 포대 가득 찰 무렵 엄마를 보았다.

"오늘은 그만하고 집에 가자."

"예!" 나는 그 말을 기다렸다는 듯 큰 소리로 대답했다.

고추가 가득 담긴 포대를 어깨에 메고 집으로 오는 길은 해가 기우는지

토마토가 체리에게

아까보다 좀 덜 덥게 느껴졌다.

집에 와서 멍석에 고추를 쏟아 놓으니 멍석 가득 붉은 고추들이 윤기가 나는 것처럼 보였다. 나는 생각했다.

'고추가 아니라 금추구나!'

22. 그대로 가만두면

"노인이 죽으면 도서관 하나가 사라지는 것과 같다"라는 아프리카의 속담이 있다. 그만큼 어르신들이 풍부한 상식과 경험, 지혜를 지니고 있다는 의미다.

내가 어렸을 때 살던 시골에서는 지금과 같이 치과병원이 없었다.

"까치야, 까치야, 헌 이 줄게, 새 이 다오."

치과병원이 없던 그 시절 아이들이 이가 빠지면 그 이를 지붕에 던지면서 하던 말이었다.

어린 내 생각에 빠진 이를 지붕에 던지면서도 이 말이 좀처럼 이해가 가질 않았다.

엄마가 그렇게 해야 한다고 해서 한 것이었지만 어떻게 날아다니는 까치가 내 빠진 이를 좋은 이빨로 나게 할 수 있는지 몹시 궁금했지만, 물어보지는 못했다.

내가 청년이었을 때 일이다.

읍내에 갔다가 집으로 돌아오는 길에 마을 공터에서 영기 아버지가 탈곡작업을 하고 계셨다. 그 앞을 지나는데 "세영아! 잠깐 이리 와서 일 좀 거두어 줄 수 있겠냐?"

"네." 얼떨결에 대답했다.

영기 아버지께서 나에게 쇠스랑을 주시면서,

"탈곡기 앞에 지푸라기가 쌓이지 않도록 쇠스랑으로 걷어 내어라."

나는 쇠스랑을 들고 탈곡기 앞에 지푸라기를 걷어 내고 있었다.

그러던 중 쇠스랑이 탈곡기의 회전하는 날개에 부딪혔는지 순간적으로 쇠스랑 끝이 내 윗니에 강한 충격을 주었다.

나는 어쩔 줄을 몰랐다. 내 이빨은 빠질 듯 흔들거리고 피가 났다.

나는 더 이상 그 일을 거들어 줄 수가 없어서 손으로 입을 가리고 집으로 왔다.

집에는 엄마가 집안일을 하고 계시다가 나를 보았다.

"왜 그러냐?"

"이가 빠지려고 그래요."

이는 금방이라도 빠질 것만 같아서 손가락으로 그 이를 잡고 조금 흔들어 보았다.

그 모습으로 본 엄마는 말했다.

"그대로 가만두면, 이가 제자리를 잡는다."

'정말 그럴까?' 나는 반신반의하면서 그래도 엄마의 말을 듣기로 했다.

이는 며칠 동안 욱신거리고 몹시 아팠다.

밥을 먹을 때도 아픈 이를 피해서 조심스럽게 먹어야만 했다. 이빨이 소중한지를 그때에서야 알았다.

일주일 지나고 열흘이 지나자, 이빨의 통증도 사라지고 더 이상 흔들리지도 않았다.

엄마의 말씀을 듣기를 참 잘했다는 생각이 들었다.

그때 다친 내 윗니는 조금 금이 갔지만, 아직도 튼튼하다.

'엄마는 어떻게 치과의사도 아니면서 더 좋은 치료 방법을 아셨을까?'

23. 연

　요즘은 문방구에 가면 다 만들어진 연을 살 수가 있다. 그렇지만 옛날에는 연을 집에서 만들어야 했다.

　평소 손재주가 좋은 규철이는 대나무를 쪼개 얇게 연의 살대를 깎고 다듬어 창호지에 밥풀로 붙이고 가운데 동그랗게 구멍도 뚫고 파란 물감으로 윗부분과 아랫부분에 반원으로 예쁘게 칠을 해서 근사한 방패연을 만들었다. 그리고 연의 위와 아래에 살대에 실로 감아서 연줄에 연결하였다.

　또 지나간 달력을 푹 찢어 까만 부분이 앞쪽으로 보이게 해서 연을 만들어 놓으니 영락없이 홍어나 가오리 같았다.

　규철이는 희찬에게는 홍어 연을, 해인이에게는 가오리연을 주었다.

　눈이 내리기 전에 실컷 연을 날려 보자며 셋은 규철이가 만든 연을 가지고 추수가 끝난 들로 나갔다.

　규철이가 달려가면서 연과 연결된 실을 풀어 주자, 연은 서서히 하늘을 향해 솟아올랐다. 처음엔 좌우로 흔들리던 연도 이제 중심을 잡고 하늘로 올랐고, 희찬의 홍어 연도, 해인이의 가오리연도 순조롭게 하늘로 올랐다.

　셋은 실을 감은 얼레를 조금씩 풀어 주기도 하고 연이 아래로 처지면 다시 얼레를 감아 팽팽한 바람을 받은 연의 움직임을 느끼며 흐뭇해했다.

그때 규철이가 불쑥 "애들아, 혹시 이런 말 들어 봤냐?"

"무슨 말?"

"새 연은 새 실로 날려야 한다."

그러자 해인이가 얼른 대꾸했다.

"에이, 그거 새 술은 새 부대에 담아야 한다. 그 말을 따라 한 거 아냐?"

"딩동댕. 그냥 내가 만든 말이야. 왜냐하면 오래 묵은 실은 아무래도 삭아서 끊어질 수가 있거든."

희찬이 날리고 있는 홍어 연은 양쪽 귀와 꼬리가 짧고, 해인이가 날리고 있는 가오리연은 꼬리를 길게 해서, 마치 하늘에서 헤엄치는 홍어와 가오리 같았다.

해인이가 규철이에게 물었다.

"오빠, 연은 누가 처음 만든 거야?"

"옛날 신라 진덕여왕 시절의 이야기야! 그때 신라에는 반란이 일어났는데 하늘에서 별똥별이 우수수 떨어진 것을 보고 신라 군인들의 사기가 떨어졌을 때, 김유신이 꾀를 내어 커다란 비단 헝겊으로 연을 만들어서 밤에 연에 불을 붙여 하늘 높이 올려 보냈다고 해. 김유신이 신라 군인들에게 전날 떨어진 별이 하늘로 다시 올라갔다고 말해서 신라 군인들은 그대로 믿게 되었대."

희찬과 해인이는 동시에 "그렇게 깊은 뜻이."라고 말했다.

해인이가 또 한마디 했다. "오빠, 그럼 우리도 연에 불을 붙여 보는 것은 어때?"

"그래. 뭐, 연은 나중에 얼마든지 또 만들면 되니까."

셋은 얼레를 감아서 연을 내렸다. 그리고 누가 먼저랄 것도 없이 연 꼬

토마토가 체리에게

리에 불을 붙여 하늘 높이 날렸다. 어느새 어둑한 하늘에 새 별이 환하게
불타올랐다.

24. 탈출

해가 지고 어디선가 바람도 솔솔 부는 저녁, 아빠는 6살 찬이와 3살 단이와 함께 아파트 정원으로 산책하러 갔다

아파트 정원은 벚나무, 목련, 소나무, 산수유, 주목 등 여러 나무가 어울려 숲을 이루고 있어 꼭 수목원 같다.

나무들이 내뿜는 은은한 향기는 언제 맡아도 기분이 좋다. 그래서일까 참새들과 이름 모를 곤충들이 많이 산다.

아빠는 찬이, 단이와 함께 시원한 물줄기를 뿜어대는 분수로 갔다.

찬이와 단이는 분수대를 향해서 먼저 달려갔다.

"와~~ 송사리 떼다!" 찬이와 단이가 동시에 소리쳤다.

"찬아! 단아! 송사리가 아니라 올챙이야."

"이 많은 올챙이가 어디서 나왔지?" 찬이가 아빠에게 물었다.

"개구리가 여기다 알을 낳아서 올챙이가 생겨난 거야."

단이가 아빠에게 말했다.

"아빠! 많아도 너무 많다."

"저 올챙이 몇 마리를 컵에 담아 개구리가 될 때까지 집에 가서 길러 보면 어떨까?"

"와! 신난다." 찬이와 단이는 기뻐했다.

아빠는 송사리보다 더 작은 올챙이 두 마리를 살짝 컵으로 뜨며 말했다.

"얘들아, 우리 집에 함께 가자!"

아빠와 아이들은 컵에 담은 올챙이들을 들고 집으로 왔다.

아빠는 투명 물병에 물을 담고 올챙이들을 넣었다.

올챙이들은 물병에서도 뭐가 그렇게 신나는지 열심히 헤엄을 쳤다.

"찬아, 단아, 올챙이도 한 가족이 되었으니, 이름을 지어 주자! 어떻게 지으면 좋을까?"

찬이는 "개굴", 단이는 "올챙"이라고 말했다.

"오! 굿!"

찬이와 단이는 날마다 물병 속 올챙이들이 얼마나 컸나 바라보았다.

물고기들이 먹는 먹이도 꼬박꼬박 넣어 주었다.

올챙이들은 잘도 받아먹었다.

"아빠! 개구리는 왜 올챙이를 거쳐야 개구리가 되는 거야?" 찬이가 물었다.

"글쎄, 왜 그럴까? 다른 동물과는 다르게 유독 개구리만 그 과정을 거쳐야 하는가 봐!"

"아빠! 올챙이 다리는 언제 나와?" 단이가 물었다.

"때가 되면 나오지 않을까?"

"그때가 언젠데?" 찬이가 물었다.

"올챙이만 알 거 같은데? 시간을 두고 기다려 보자!"

찬이와 단이는 매일 아침에 눈 뜨면 올챙이 앞으로 가서 다리가 나왔는지 자세히 살펴보곤 했다. 며칠 사이에 올챙이들은 처음 볼 때보다 조금 자라 있었다.

그러던 어느 날, 올챙이 앞에서 찬이가 소리쳤다.

"드디어 올챙 뒷다리가 나왔다!"

토마토가 체리에게

"어! 개굴 뒷다리도 나왔네."

단이도 달려와 그 모습을 보고 기뻐했다.

개굴과 올챙은 뒷다리가 나오고 몸집이 좀 커지는가 싶더니 며칠 후 앞다리도 나와 있었다. 이 모습을 본 아빠는 생각했다.

'이제 개굴과 올챙을 원래 있던 곳에 놓아주어야지.'

그런데 며칠 후, 아빠는 물병 속에 있던 개굴과 올챙이 사라진 것을 발견하였다.

'아차! 개구리가 점프를 잘한다는 걸 깜박했네. 진작에 놓아줄걸! 그나저나 애들은 어디로 숨었을까?'

아빠가 집 안 구석구석을 아무리 찾아보아도 발견할 수가 없었다.

'하늘로 솟았나? 땅으로 꺼졌나? 찬이와 단이가 애들이 없어진 걸 알면 엄청나게 서운해할 텐데…… 뭐라고 말하지?'

아빠는 고민 끝에 찬이와 단이에게 사실 그대로 말해 주었다.

"어디로 갔지?" 찬이가 말했다.

"무덤을 만들어 주어야 하는데" 하며 단이는 눈물을 글썽이었다.

25. 세상에서 가장 행복한 사람

초등 4학년인 승훈이는 요즘 고민이 하나 생겼다.

선생님께서 "내일까지 꿈이 뭔지 한 사람씩 발표하도록. 알겠지?" 하셨기 때문이다.

집으로 돌아오는 길에도, 집에 와서도 아무리 생각해도 어떤 꿈이 좋을지 도무지 생각이 나지 않았다.

'그냥 아직은 꿈이 없다고 하지 뭐. 누구나 꼭 꿈이 있어야 되는 건 아니지 않을까?'

그렇게 생각하니 마음이 좀 편해졌다.

다음 날, 3교시 국어 시간에 선생님께서 물으셨다.

"꿈에 대해서 잘들 생각해 보았니?"

반 전체 아이들이 "네" 하고 일제히 대답했다.

"자기 꿈에 대해서 먼저 발표할 사람 손을 들어 보세요."

"저요."

그러자 은휼이가 제일 먼저 손을 들었다.

"은휼이가 먼저 말해 볼까?"

"우리 엄마처럼 유아교육과를 나와 유치원 선생님이 되고 싶어요."

"꼭 좋은 유치원 선생님이 되렴! 다음은 누가 할래?"

희수가 손을 번쩍 들었다.

"희수! 말해 볼까?"

"선생님! 옷을 잘 만드는 훌륭한 디자이너가 되고 싶어요! 그래서 우리 반 친구들에게 좋은 옷 한 벌씩 해 주고 싶어요!"

그러자 아이들은 일제히 "와!" 했다.

"좋은 생각이네! 꼭 실천하도록! 그다음 누가 할래?"

채연이가 손을 들었다.

"저는 TV에서 뉴스를 진행하는 앵커가 되고 싶어요. 세상의 모든 소식을 많은 사람에게 전해 주는 일은 참 재미있는 일 같아요. 제가 유명한 앵커가 된다면 은휼이와 희수의 소식도 꼭 소개할게요."

채연이가 마치자마자 성묵이가 손을 들며 일어섰다.

"저는 건축 설계사가 되고 싶어요. 그래서 이다음에 우리 가족이 살 멋지고 아름다운 집을 제가 설계해서 짓고 싶습니다."

"선생님 집도 부탁해도 되겠니?"

"물론이죠! 선생님은 특별히 싸게 해 드릴게요!"

"공짜로는 해 주면 안 되니?"

"선생님, 세상에 공짜가 어디 있어요?"

반 아이들이 큰 소리로 웃었다.

"자, 다들 진정하고 이번에는 누가 할까?"

다은이가 손을 들었다.

"저는 여자 비행사가 되고 싶어요. 그래서 전 세계를 마음껏 날아다니고 싶습니다."

"다은이가 아주 특별한 꿈이 있구나! 꼭 이루어지길 바랄게."

그렇게 반 아이들이 제각기 자기의 꿈을 말하였다.

마지막으로 승훈이의 차례가 되었다.

승훈은 자리에서 슬그머니 일어나서 말했다.

"저는 아직 특별한 꿈이 없습니다. 다만 이 세상에서 가장 행복한 사람이 되고 싶습니다."

이야기를 다 듣고 난 선생님은,

"여러분들의 이야기를 잘 들었어요. 꿈이 있다는 것은 참 좋은 일이에요. 여러분들의 다양하고 소중한 꿈! 노력해서 꼭 이루어지길 바라요. 승훈이는 이 세상에서 가장 행복한 사람이 되고 싶다고 했는데 그것도 좋은 생각이에요. 우리가 살아가는 데 행복은 필요하다고 생각해요."

승훈이는 뜻밖의 선생님 말씀에 놀라지 않을 수 없었다.

'꿈 하나쯤 가져야 하지 않겠냐?' 이렇게 말씀하실 줄 알았는데 정말 의외였다.

'정말 내게 꿈이 없는 걸까?'

방과 후에 승훈이는 자신이 다니는 교회 목사님께 찾아갔다.

"목사님! 제게 꿈이 없는데 앞으로 무엇을 해야 할까요?"

목사님은 승훈이의 머리를 쓰다듬어 주시며 말씀하셨다.

"승훈이가 제일 좋아하는 것이 뭐니?"

"책 읽는 것을 좋아해요."

"그럼, 소설가나 작가가 되는 것은 어때?"

"네." 승훈이는 고개를 끄덕이며 대답했다.

승훈이는 집에 오면서 소설가나 작가도 좋지만, 아이들을 진심으로 사랑하며 옳은 길로 이끌 수 있는 선생님이 되는 것도 좋을 것 같다고 생각했다.

26. 엿

"엿 사시오! 둘이 먹다가 하나가 죽어도 모르는~ 울릉도 호박엿!"

허름한 손수레에 노란 엿판을 싣고 큰 가위로 짤크락! 짤크락! 소리를 내며, 이 동네 저 동네 다니던 엿장수!

군것질거리가 딱히 많지 않았던 나의 어린 시절!

엄마는 방 안에 계시고, 나는 마루에 앉아 놀고 있었다.

나는 엿을 너무 먹고 싶었다.

댓돌에 있는 엄마의 낡은 고무신이 눈에 띄었다.

나도 모르게 그 고무신 한 짝을 손에 들고 엿 장사 아저씨에게로 달려갔다.

"아저씨! 고무신 받아요?"

"그럼 받지!"

"엿 주세요!"

아저씨는 헌 고무신 한 짝을 받으셨다.

그리고 노란 엿판에 있는 엿에 정을 대고 가위로 정의 옆구리를 탁! 탁! 쳐서 길게 한 쪽을 떼어 주셨다.

나는 얼른 그 엿을 반을 뚝 잘라 입안에 넣고 우물우물 먹었다.

엿은 참으로 달콤했다. 나머지 엿도 금방 다 먹어 치웠다.

그런데 나는 한 가지 걱정이 생겼다.

'엄마가 고무신을 찾으실 텐데. 이걸 아시면 엄마한테 회초리로 엄청나게 맞을 텐데.'

그때, "원준아~~ 원준아~~" 엄마가 나를 찾으시는 소리가 들렸다.

나는 겁이 덜컥 나서, 집에 들어가지도 못하고 해가 질 때까지 동네 이곳저곳을 돌아다녔다.

용케 엄마가 나를 발견하시고 내 손목을 덥석 잡고 집으로 끌고 가셨다.

엄마는 빗자루로 내 종아리를 몇 대 때리시며,

"아무리 철이 없어도 그렇지, 엄마가 신는 고무신을 엿 바꾸어 먹으면 엄마는 무얼 신고 다니냐? 앞으로 또 그럴래? 안 그럴래?"

빗자루로 맞은 종아리는 좀 따끔거렸다.

세월이 많이 지났지만, 엄마 그때는 죄송했어요!

27. 태풍에 떠밀려 온 전복

주룩주룩 **쫙쫙** 며칠째 퍼붓는 장맛비로 낮은 곳은 물에 잠기고 산사태가 나서 사람들은 불안에 떨어야만 했다.

여름철만 되면 비는 왜 한꺼번에 몰아서 내리는 걸까? 또 바람은 왜 한번에 강하게 부는 걸까? 올여름도 그렇게 요란한 흔적을 남기고 가는가 했는데 곧 태풍이 온다고 한다. 태풍은 장마보다 몇 배 무섭다. 아무 일 없이 지나가야 할 텐데.

할머니도 마을 사람들도 모이면 그렇게 다들 한마디씩 했다.

수민이와 엄마는 할머니 홀로 사시는 이곳 시골 바닷가 마을에 얼마 동안 지내기로 했다. 철썩철썩 바다 물결 소리에 처음엔 잠을 이룰 수가 없었지만, 이곳에 내려와 지낸 지도 벌써 몇 달이 지났다.

언제인가부터 찰싹찰싹 물결 소리는 꿈속까지 따라왔다.

햇볕은 따스했고, 희고 고운 모래도 따뜻했다. 바닷물은 잔잔한 호수처럼 고요했다.

청색 반바지에 노란색 반소매 티셔츠 차림에 샌들을 신은 수민이는 바닷가를 거닐고 있었다.

평소 물을 두려워했던 수민이는 무슨 생각이 들었는지 샌들을 벗고 오른발을 바닷물에 담가 보았다. 발에 닿는 물의 감촉은 왠지 싫지 않았다. 그래서 나머지 발마저 담가 보았다. 수민이는 용기를 내어 조심스레 한

걸음 걸어 보았다.

'바다라고 해서 꼭 위험한 것은 아닌 것 같다!'라고 수민이가 생각한 순간, 갑자기 몸에 잿빛 얼룩이 있는 노래미 떼가 수민이 주위를 빙빙 맴도는 것이었다.

기분이 참 묘했다.

'내가 어느 틈에 물속에 들어와 있다니…….' 신기하기도 하고 놀랍기도 했다.

노래미 떼가 지나가고 세로로 줄무늬가 있는 넙치들이 떼로 수민이 주위를 맴돌았다.

또 다른 물고기들이 수민이를 환영한다는 듯, 수민의 종아리를 스치기도 하고, 간지럼 태우는 것 같기도 했다. 그리고 미역과 다시마도 몸을 흔들며 인사를 했다.

바위와 돌 틈 사이에 거무스름한 조개 같기도 하고 돌멩이 같은 것이 입을 열고,

"나는 전복이야!"

돌 틈 사이에서 고개만 삐죽 내민 채 "난 문어야!"

그리고 돌에 찰싹 붙은 채 "나는 소라야." "내가 빠지면 안 되지, 나는 꽃게야!"

그리고 일제히 '반가워'라고 말하는 것이었다.

"나는 수민이야!"라고 말했다.

그러자 전복이 "알고 있어!"

"어떻게 나를 알아?"

"오늘 귀한 손님이 올 거라고 노래미와 넙치가 알려 주었어."

"음, 그렇구나."

바닷속 풍경을 크레파스로 그릴 수 있다면 참 좋겠다는 생각이 들었다.

'물속에 이렇게 오래 있어도 되나?'라고 생각하는 순간,

갑자기 호흡이 가빠지는 것을 느꼈다.

그래서 수민이는 전복, 문어, 소라, 꽃게 등 물고기들에게 손을 흔들며 작별 인사를 했다.

"수민아! 그만 일어나야지." 그 소리에 수민이는 눈을 떴다.

"꿈이었네."

간밤에 불던 세찬 바람도 어느새 뚝 멈추고 눈부신 아침 해가 떠올랐다.

수민이는 엄마와 함께 바닷가로 산책하러 나갔다.

그런데 바닷가 모래밭에는 까만 나무토막 같은 것들과 물고기, 문어, 낙지들이 널브러져 있었다.

수민이와 엄마는 동시에 "아니, 저게 뭐지?" 하고 외쳤고 가까이 다가가 보니 까만 나무토막 같은 것은 꿈에서 보았던 전복이었다. 그 외에도 소라와 문어, 넙치들도 숨을 헐떡이며 널브러져 있었다.

수민이와 수민이 엄마는 얼른 달려가서 쭈그리고 앉아 전복을 자세히 들여다보았다. 수민이가 손가락으로 톡톡 건드려 보며 "애, 전복아, 정신 차려 봐." 그렇게 말하자 전복이 조금씩 움직이는 것 같았다.

수민이와 엄마는 아직 살아 있는 것들은 모두 다 물에 놓아주었다.

수민이는 안타까운 마음으로 집에 돌아와서 도화지에 크레파스로 물 밖이 아닌 물속 깊이 있는 미역을 먹는 활기찬 전복을, 또 힘차게 헤엄치는 넙치와 노래미, 돌 틈 사이에 빼꼼 얼굴을 내밀던 문어를, 그리고 꽃게를 그리기 시작했다.

그림 속의 물고기들이 수민이에게 고맙다고 인사를 하는 것만 같았다.

28. 선생님

학교 옆 미루나무 잎들이 파릇해질 때 우리들의 마음도 그 푸르름처럼 조금씩 파래져 가고 있었다.

"인수분해나 방정식, 피타고라스의 정리보다 더 중요한 게 있다. 혹시 아는 사람?"

중학교 1학년 수학 시간에 갑작스러운 선생님의 질문으로 70여 명의 우리 반 아이들은 서로의 얼굴만 멀뚱멀뚱 쳐다볼 뿐 누구 한 사람 대답하는 친구가 없었다.

선생님은 잠시 아무 말씀 안 하시고 우리를 쭈욱 둘러보시더니 다시 물으셨다.

"오늘 아침 학교 올 때, 어떤 마음으로 왔냐?"

나도, 아이들도 꿀 먹은 벙어리처럼 다들 입을 다물고 있었다.

선생님은 한숨을 내쉬며,

"정말로 공부하고 싶어서 온 것이 아니라 부모님이 가라고 하니까 마지못해서 왔지?"

마음을 들킨 것만 같아 나는 고개를 들지 못했다.

"수학 공식 하나 더 외우는 것보다 너희들이 알아야 할 것은 올바른 마음을 갖는 것이다. 마음이 올바르지 않은데 올바른 생각을 할 수가 없다."

그리고 선생님은 백지 한 장씩을 반 전체에 나누어 주시며 말씀하셨다.

"지금까지 살면서 누구한테 돈이나 물건을 꾸고 갚지 않았거나 훔쳤거나 잘못을 한 일이 있다면 거기다 전부 적어 내라. 그리고 이번 주 내로 갚을 건 갚고, 사과할 건 사과해라."

한참 동안 머뭇거리던 아이들은 나름대로 적어 내었고, 나도 친구에게 빌린 책을 되돌려 주지 않은 것을 적었다.

다음 날 친구에게 빌린 책을 되돌려 주었더니 마음이 홀가분했다.

사실은 수학을 그다지 좋아하지 않았는데 선생님의 말씀 한 마디, 한 마디가 내 마음에 와닿았다. 그래서 수학 시간이 기다려졌다.

처음엔 '학교 졸업하면 이 어려운 수학을 써먹지도 못할 텐데 꼭 배워야 하나?'라는 생각을 했었다.

그렇지만 나는 수학의 개념이나 원리보다 더 소중한 선생님의 인생 강의를 들을 수 있는 것이 매우 기뻤다.

'부모님이나 주변 사람 그 누구한테서도 들을 수 없는 소중한 말씀을 어디 가서 누구에게 들을 수 있을까?'

선생님을 만난 것이 나에게 무엇과도 바꿀 수 없는 행운이었다.

"앞으로 십 년 후 어떤 사람이 될 것인가 생각해 봐라!"

"하루를 살더라도 선하게 살아야 한다."

선생님께서 늘 우리에게 강조하신 말씀이다.

지금 생각해 보니 선생님은 우리에게 인성교육을 하셨다.

교회에 다니지 않는 우리에게 목사님을 대신해서 청소년 교회학교 교사의 역할을 하신 것이다.

요즈음 "선생은 있되 스승이 없고, 학생은 있되 제자가 없다"라고 말하지만, 내가 만난 선생님은 참스승이셨다.

박준규 선생님! 많이 늦었지만, 그때 소중한 말씀을 제게 들려주셔서 정말 감사했습니다.

29. 두유 한 병

회사에 들어간 지 얼마 안 되었을 때의 일이다.

신입 사원이어서 남은 업무를 처리하고 사무실을 나섰을 때는 꽤 늦은 밤이었다.

버스 정류장으로 걸어가는 동안 얼마나 추운지 몸이 덜덜 떨려왔다.

바람도 불고 간간이 눈발도 날렸다. 기다리는 버스는 좀처럼 오지 않았다.

그때 앞쪽에서 어떤 청년이 내 쪽으로 다가왔다.

"혹시 숭의동 스테인리스 대문 집의 지수?"

"누구?"

"옛날에 옆집에 살았었는데."

그제야 기억났다. 멀대같이 키가 큰 사람! 잘 웃던 싱겁이!

"아! 그런데 여긴 웬일로?"

"근처에 친구 만나러 왔다가 가는 길이야."

"여기 이 시간에는 버스가 잘 안 올 텐데."

"잠깐만." 싱겁이는 그 말을 남기고 어디론가 뛰어갔다.

잠시 후 그는 돌아와서 두유 한 병을 내게 건네주며, "상당히 춥지?"

"고마워." 두유는 참 따뜻했다. 마음까지도 훈훈해지는 것 같았다.

그땐 잘 몰랐는데 가로등 불빛에 비친 그는 키도 커 보였고, 얼굴도 배우처럼 잘생겨 보였다. 웃을 때 살짝 보조개가 들어가는 것이 귀여웠다.

나는 무슨 말을 해야 할지 몰라 버스가 언제쯤 오나 앞만 쳐다보고 있었다.

드디어 기다리던 버스가 왔고, 버스 문이 열리자,

"나 갈게!"

"잘 가."

버스 안으로 들어가서 좌석에 앉아 차창 밖을 보니 그는 나를 향해 손을 흔들어 주었다.

집으로 오는 동안, 나는 생각했다.

'몇 년이 지났는데 어떻게 내 이름도 알고 나를 금방 알아볼 수 있었을까? 혹시 나를 좋아했나? 고등학교 때 학교 가는 버스에서 몇 번 마주쳤고, 마트에 엄마 심부름으로 두부를 사러 갔을 때 마주쳤을 때 그는 나를 보고 싱겁게 웃어 주었었지. 그 당시 우리는 아무 말도 건네지 않았는데……'

집에 들어왔을 때도 그가 준 두유는 아직도 따스했다.

나는 그 두유를 쉽게 마실 수가 없었다.

마셔 버리면 그의 기억도 왠지 다 사라져 버릴 것만 같았다.

그렇지만 내 손은 어느새 두유 병뚜껑을 비틀어 따고 있었다.

한 모금 마시자 따뜻하고 달콤했다.

'전화번호를 물어볼 걸 그랬나?'

그는 예전이나 지금이나 숫기가 없는 건 여전한 것 같았다.

'혹시 다시 만날 수 있다면 차나 한잔하자고 해 봐야지!'

　　　　　　　　토마토가 체리에게

30. 작은 연주회

"띵동!"

"벌써 오셨나?" 신후 어머니는 인터폰을 봤다.

재휘 어머니와 재휘, 서연이가 문밖에 서 있다.

"일찍 오셨네요" 하고 문을 열어 드렸다.

"어서 오세요."

"안녕하세요! 초대해 주셔서 감사합니다."

재휘 어머니는 준비해 온 호두과자를 내밀었다.

"그냥 오셔도 되는데요. 그래도 감사히 받겠습니다."

신후 어머니는 재휘네 가족을 거실 소파로 안내하였다.

"집 안이 참 아늑하네요!"

"감사합니다."

탁자에는 천혜향과 호떡이 먹음직스럽게 쟁반에 놓여 있었다.

신후와 재휘 가족은 교회에서 알게 되었고, 신후와 재휘는 같은 반 친구여서, 두 가족은 가끔 맛있는 가게에서 외식도 하고, 차도 같이 마시는 친숙한 사이다.

오늘은 신후 어머니가 재휘 가족을 초대해서 마련한 자리다.

"제가 처음 만들어 본 호떡인데, 맛이 어떤지 한번 드셔 보세요."

"오~ 그래요? 제가 호떡 좋아하는 걸 어떻게 아셨어요? 우리 애들도 호떡을 좋아해요."

재휘 어머니가 호떡을 다시 보니 모양도 예쁘고 아주 맛있을 것 같았다.

호떡을 한 입 먹어 보았더니, 정말 맛있었다. 재휘와 서연이도 맛있어하는 표정들이었다.

"쫄깃쫄깃하고 너무 맛있어요. 너무 맛있어서 신후 어머니께 호떡 만드는 비법을 배워야겠네요."

"처음 만들어 본 건데 너무 칭찬하시니까 좀 쑥스럽네요."

거실에는 윤기가 도는 검은색 피아노가 놓여 있었고, 벽에는 가족사진이 걸려 있었다.

"다른 가족분들은요?"

"인후와 지후는 친구 만나러 나갔어요, 아이 아빠는 회사 일로 출장 중이에요."

"그렇군요? 피아노는 주로 누가 치시나요?"

"제가 주로 칩니다."

"평소에 교회에서 반주하시는 걸 볼 때마다 많은 감동을 하곤 한답니다. 어떻게 그렇게 연주를 잘하세요?"

"감사합니다. 재휘 어머님도 성가 부르실 때 목소리가 아름다우세요."

"신후 어머니! 죄송하지만, 피아노 한 곡 부탁드려도 될까요?"

"그럼요, 좋아하시는 곡 있으세요?"

"오 거룩한 밤이요."

"신후가 플루트를 연주하는데, 신후와 같이 연주해 드릴게요."

"아, 그래요. 신후의 플루트 연주도 기대되네요."

신후 어머니는 피아노에 앉아서 악보를 찾는 동안, 신후는 자기 방에 가

토마토가 체리에게

서 플루트를 들고 나왔다.

웅장한 피아노의 선율과 함께 청아한 플루트의 '오 거룩한 밤' 연주가 시작되었다.

그 연주는 재휘네 가족을 감동에 젖게 했다.

연주가 끝나자마자, 재휘네 가족은 박수로 화답했다.

"신후 어머니, 정말 감동이에요."

"이번엔 '저 들 밖에 한밤중에'와 '고요한 밤 거룩한 밤'을 저희가 연주할 건데, 재휘 어머니와 재휘, 서연이가 노래를 불러 주시면 어떨까요?"

"좋아요." 재휘 가족들은 한목소리로 대답했다.

신후 어머니는 재휘 가족들에게 악보를 나누어 주고, 피아노로 가서 앉았다.

재휘 어머니는 높은음으로, 재휘는 낮은음으로, 서연이는 중간 음으로 연주에 맞추어 두 곡을 이어서 노래를 부르기 시작했다. 노래를 부르는 동안 밤도 그윽이 무르익었다.

31. 오디

"콩밭에 일 가신 엄마를 따라갈걸 그랬나?"

혼자 집을 보는 소예는 무엇인가 생각이 난 듯 부엌에 들어가서 작은 바구니 하나를 들고 옆집 쌍둥이네로 갔다.

지원이, 지윤이는 마루에 마주 앉아서 공기놀이를 하고 있었다.

"지원아! 지윤아!"

"소예야! 어서 와!" 언니 지원이가 대답했다.

"날씨도 좋은데 집에만 있지 말고 어디 놀러 갈까?"

"그래, 좋아! 어디 갈 거야?" 동생 지윤이가 물었다.

"따라와 보면 알아! 대신 바구니 하나씩 들고 가야 해."

몹시 궁금했지만, 쌍둥이는 각자 바구니를 하나씩 들고 소예를 따라나섰다.

소예와 쌍둥이는 솔밭을 지나 키가 크고 잎이 넓적한 뽕나무가 있는 밭에 도착했다.

그 뽕밭은 무섭기로 소문난 욕쟁이 할머니의 밭이었다.

소예는 욕쟁이 할머니가 밭 어딘가에 계신지 두리번거려 보았다.

다행히 할머니는 보이지 않았다.

푸른 잎들이 무성한 뽕나무는 수십 그루나 되었다.

뽕나무에는 검붉은 오디가 주렁주렁 매달려 있었다.

소예와 쌍둥이는 누가 먼저라 할 것도 없이 검붉은 오디를 따서 바구니에 담기 시작했다. 이마와 등에는 송골송골 땀방울이 맺혔고 오디 향기는 달콤했다.

나무 밑에도 다 익은 오디가 많이 떨어져 있었다.

아깝다는 생각도 들었지만 그렇다고 주울 수는 없었다.

어떤 오디는 손가락을 대자 툭 떨어지기도 했다.

소예와 쌍둥이는 오디를 따서 바구니에 담기도 하고 입에 넣고 먹기도 했다.

오디 맛은 정말 달콤했다.

손가락이며 입술, 혀는 벌써 검붉은 색으로 물들었다.

소예와 쌍둥이는 부지런히 이 나무, 저 나무로 옮겨 가며 바구니 가득 오디를 채웠다.

"지원아! 지윤아! 오디도 실컷 땄으니 이제 집에 가자!"

"응."

"그래."

소예와 쌍둥이가 서로 입술에 묻은 오디 물을 보고 웃으며 집에 가려고 밭을 나서는 순간이었다. 무섭기로 소문난 할머니가 밭 입구에 서서 이쪽을 보고 계셨다.

할머니는 잔뜩 화가 난 얼굴로 소예와 쌍둥이에게 다가오셨다.

소예와 쌍둥이는 얼음이 된 듯 그 자리에 꼼짝 못 하고 서 있었다.

"너희들, 이게 뭐냐?"

소예와 쌍둥이는 아무 말도 하지 못했다.

할머니는 한동안 말씀이 없으시다가 부드러운 목소리로,

토마토가 체리에게

"얘들아, 다음엔 나한테 말하고 따렴."

소예와 쌍둥이는 작은 목소리로 대답했다.

"네."

"더위 먹을라! 날씨도 더운데 어서들 가 보아라!"

소예와 쌍둥이는 감사의 인사를 드리고 집으로 향했다.

'무섭기로 소문난 할머니한테 어떻게 저런 비단결 같은 마음이 있었을까? 오디를 많이 드셔서 그러신가? 나도 오디를 먹고 비단결 같은 마음을 가져야겠다!'라고 소예는 다짐했다.

32. 아빠는 언제 웃으실까?

"자! 찍습니다. 하나! 둘! 셋!"

"찰칵!"

"감사합니다!" 엄마는 사진을 찍어 준 분에게 인사를 했다.

"어디 잘 나왔나 볼까? 음, 역시 미소 여왕은 달라. 우리 미소 천사 주호도 주아도 활짝 웃었네. 당신만 웃었으면 작품 사진인데 아쉽네! 아쉬워!"

엄마는 사진 찍을 때마다 아빠를 보면서,

"제발 좀 웃어요! 웃어!"

그렇게 말하지만, 아빠는 그게 잘되지 않는 모양이다.

웃을 듯 말 듯 억지 미소를 지을 뿐 잘 지어지지 않는 웃음을 엄마의 강요에 지으려니 아빠도 고역이고 몹시 부담스러운 것 같다.

아빠의 마음을 나는 이해할 수 있을 것 같다.

그래서인지 아빠는 사진 찍는 걸 별로 좋아하지 않으신다.

옛날 사람들은 거의 웃지 않았다고 한다.

무표정 또는 심각한 표정! 아빠도 옛날 사람인가?

그렇지만 평소엔 아빠도 웃을 때도 있다.

좀 드물어서 그렇지, 아빠는 정도 많고, 친절하시다.

동생 주아는 엄마를 닮아 아주 웃기도 잘하고 성격도 명랑하다.

엄마, 아빠는 사진을 얼마나 많이 찍었을까?

증명사진, 졸업사진, 기념사진 등등 나도 주아도 앞으로 많이 찍겠지.

사진만큼 순간을 잘 저장해 두는 장치는 없을 것 같다.

엄마는 사진 찍는 것도 좋아하고 친척이나 친구분이 오면 앨범이란 앨범은 다 꺼내서 보여 주며 이야기하는 것을 즐겨 하신다.

아빠는 나와 주아가 아기였을 때부터 점점 커 가는 모습을 공원이나 고궁, 유람선에서 사진을 많이 찍어 주셨다. 그래서 앨범의 대부분을 차지하고 있다.

아빠 어릴 때 사진을 보았는데, 머리는 짧고 피부는 까무잡잡한 시골 소년이었다.

나는 한참 동안 배꼽을 잡고 웃었다.

그 사진도 오래되어 빛이 바랜 흑백사진이었다.

그러고 보니 그때도 아빠는 웃지 않으셨다.

아빠는 말했다.

"사진 찍을 때 꼭 웃어야 해? 있는 그대로 자연스럽게 찍으면 되지 뭐!"

웃을 자유, 안 웃을 자유도 있는 것 아닐까? 웃는다는 게 쉬운 건 아닌 것 같다.

이다음에 어른이 되어서 나도 그러면 어떡하지?

지금부터라도 열심히 웃는 연습을 해야겠다.

나만 웃는 연습을 할 게 아니라 이번 기회에 아빠와 유머 같은 재미있는 이야길 많이 나누어서 아빠가 자연스럽게 웃을 수 있게 해야겠다.

그러면 가족사진 찍으러 사진관에 갈 땐 혹시 좀 웃으시려나?

아빠의 웃는 모습을 꼭 보고 싶다.

아빠! 웃으면 복이 온대요!

토마토가 체리에게

33. 방앗간집 딸 윤복진

고향은 생각만 해도 왠지 마음이 푸근해지는 것 같다.

말끔히 포장된 아스팔트 길을 우리는 읍내 정류장에서 시내버스를 타고 고향 대청리를 향해 가고 있다.

예전엔 이 길이 울퉁불퉁 먼지 자욱한 비포장길이었는데 언제 이렇게 말끔히 포장되었을까?

학창 시절 학교에서 집으로 가는 길에 대청리 가는 버스는 움푹 팬 곳을 지나갈 때 버스 뒷부분이 펄쩍 뛰어올랐다. 덩달아 우리도 버스 천정에 머리를 들이받곤 했다.

차창 너머로 펼쳐진 추수가 끝난 들판은 왠지 허허롭게 느껴졌다.

마을 입구에 도착한 우리는 버스에서 내렸다.

예전엔 이곳에 방앗간이 떡 버티고 서 있어 우리를 반겨 주었는데, 이젠 방앗간도 헐리고 우리 집도 헐리고 빈터만 남았다.

그 많은 집은 다 헐리고 몇 집 남지 않았다. 또래 친구들은 다 어디로 갔을까?

이젠 방아를 찧으러 오는 사람들도 없고, 방앗간 주위에 몰려들던 참새 떼도 없다.

'통통 통통' 우렁찬 발동기 소리도 간 곳 없네.

우리 집은 방앗간도 하고 가게도 했다.

동네 사람들은 우리 가게를 복진이네 점방이라고 불렀다.

우리 점방에는 없는 거 빼고 다 있었다.

옷, 신발, 국수와 라면, 빨랫비누와 세숫비누, 치약, 칫솔, 고무줄과 성냥, 두부와 술 그리고 내가 제일 좋아하는 땅콩사탕이며, 아무리 먹어도 질리지 않는 말랑 젤리와 부꾸미 과자가 진열대에 쌓여 있었다.

동네 친구들은 나를 무척 부러워했고, 마음 약한 나는 엄마 몰래 사탕을 가져다 친구들에게 나누어 주다가 혼이 나기도 했다.

달콤했던 시간도 잊을 수 없지만, 아버지가 운영하신 방앗간에서의 일들이 생생하게 떠오른다.

아버지는 원래 국문학을 전공하셨다.

그런데 할아버지로부터 방앗간을 갑자기 물려받게 되어 운영하게 되셨다.

아버지에게 방앗간은 어떤 의미였을까?

사람들이 가져온 벼 가마니 속에서 쏟아진 벼알들은 정미기로 연결된 작은 구멍으로 쏙쏙 빨려 들어갔다.

정미기에서 쌀알들이 껍질을 벗고 새롭게 거듭난 모습은 어쩌면 아버지의 수필이고 시가 아니었을까? 정미기에서 나온 쌀알들은 따뜻했다. 아버지의 마음처럼!

나는 찐쌀을 좋아해서 주머니에 가득 넣고 다니면서 먹기도 했다.

방앗간 안은 늘 분주했고, 먼지가 많아서 아버지는 머리에 항상 두건을 쓰고 일하셨다.

사람들이 돌아가고 밤이 되면 방앗간도 조용하다.

방앗간 안에 사는 쥐들은 마치 제 세상 만난 듯 극성을 떨었다.

토마토가 체리에게

그 쥐들은 사람을 무서워하지 않았다.

아버지와 일하는 아저씨들은 쥐들에게 "먹을 만큼 먹었으면 이제 좋은 말로 할 때 다른 곳으로 가라." 그렇게 타이르듯 말했다.

그러나 사람 말을 못 알아들어서 그랬는지 몰라도 도통 나갈 생각을 하지 않았다.

심지어 내일 장에 내다 팔 쌀이 담긴 포대를 여기저기 물어뜯어 구멍을 내고, 그 쌀도 먹어 댔다.

속이 상한 아버지와 일하는 아저씨들은 새 포대에 다시 쌀을 옮겨 담아야만 했다.

방앗간이 쉬는 날, 아버지와 일하는 아저씨들은 단단히 벼르고, 손에 몽둥이를 들고 쥐 소탕 작전에 들어갔다.

쥐들은 동작이 얼마나 잽싼지 요리조리 도망을 쳤고, 기계에 들어가서 나오질 않았다.

며칠 동안 아버지와 아저씨들은 쥐와 숨바꼭질을 하였다.

할 수 없이 쥐덫을 놓아야만 했다. 다음 날 몇 마리가 걸려들었다.

그다음 날도, 그다음 날도 그렇게 해서 쥐들을 모조리 잡을 수 있었다.

"그렇게 좋은 말로 할 때 나가지."

아저씨들은 속이 다 시원하다는 듯 껄껄 웃으셨다.

'통통 통통' 소리를 내는 커다란 발동기는 힘차게 돌아갔다.

'나 여기 있어요' 하듯이.

옆집에 살던 수줍음이 많던 경표는 지금 어디에서 무엇을 하며 살까?

돌산에 놀러 갔을 때, 누군가 '귀신이다'라고 외쳤을 때 걸음아 날 살려라 하고 달아났었지.

그리고 마을 앞 개울에 들어갔다가 죽을 뻔했던 일도 어제 일만 같은데.

다른 친구들은 다들 도시로 떠났지만, 몇 그루 안 되는 늙은 소나무처럼 이곳에 남아 고향을 지키는 친구야, 고맙다.

대청리도 예전의 대청리가 아닌 것 같다. 세월 탓일까?

동행을 해 준 문선이는 안타까운 듯 내 손을 꼭 잡아 주었다.

'얘들아! 방앗간 집 딸 복진이가 왔어. 맛있는 땅콩사탕도 가져왔는데 너희들 다 어디 갔냐?'

토마토가 체리에게

34. 안과병원에서 생긴 일

오래전 일이다.

엄마는 우리 식구 중에서 유일하게 시력이 약한 나를 위해 특별한 치료 방법이라도 있을까 해서 안과병원에 나를 데리고 가게 되었다.

아직 어둠이 채 가시지 않는 시간에 엄마와 나는 새벽밥을 먹고 시골집에서 나섰다.

버스를 두 번씩 갈아타고 큰 도시에 있는 안과병원에 처음으로 갔다.

병원 건물은 깨끗했다. 접수하고 순서를 기다렸다.

나는 갑자기 화장실에 가고 싶어졌다.

"화장실이 어디예요?" 지나가는 간호사 누나에게 물어보았다.

"저쪽으로 가면 있어."

나는 간호사 누나가 알려 준 방향으로 가 보았다.

그런데 화장실이라는 글자는 아무리 찾아보아도 없었다.

지나가는 사람에게도 물어보았는데 저쪽이라고 손짓했다.

그곳으로 가 보니 사람 모양의 그림이 그려져 있었다.

'여기가 화장실이 맞나? 처음 도시에 와 봤으니 뭘 알아야지.'

나는 머뭇거리다가 그 안으로 들어가 보았다.

들어가는 문은 하나인데 양쪽으로 남자 화장실, 여자 화장실로 나누어져 있었다.

그래서 나는 남자 화장실로 들어갔다.

벽이며 바닥까지 하얀 타일에 형광등 불빛이 환했다.

그런데 고민이 생겼다.

'소변은 어디다 보아야 하지?'

벽에는 소변기가 있었지만, 나는 그것이 소변기인 줄 몰랐다.

'여기가 소변보는 데가 맞나?'

그런데 벽엔 한쪽엔 거울이 붙어 있고, 아래쪽엔 넓적한 타일로 만들어진 세면대가 놓여 있었다. 나는 그것이 소변기인 줄 알았다.

'아! 지금 누가 들어와서 볼일을 본다면, 나도 따라 하면 될 텐데…….'

아무리 기다려도 들어오는 사람이 없었다.

점점 급하긴 하고, 나는 얼른 문밖을 살펴보았다. 다행히 아무도 오지 않았다.

'아하! 소변을 보고 물을 틀어 씻어 내라고 수도꼭지가 달려 있나 보다.'

넓적한 세면대에다 대고 나는 소변을 봤다.

'이럴 때 누가 들어오지 어떡하지? 제발 아무도 들어오지 말아야 할 텐데.'

나는 속으로 불안한 마음을 달래며 볼일을 보고 있었다.

그때, 하얀 가운을 입은 웬 아저씨가 들어오다 서서 날 빤히 쳐다보고 있는 게 아닌가? 그러더니 대뜸 호통을 치셨다.

"아니, 학생! 지금 뭐 하는 거야? 거기다 볼일을 보면 어떡해?"

의사 선생님 같았다. 나는 벌게진 얼굴로,

"죄송해요! 제가 시골에서 왔는데 이런 덴 처음이라 잘 몰랐어요. 어디다 보는 줄 몰라서…… 그리고 급하기도 해서요! 정말 죄송해요!"

"아! 거참."

토마토가 체리에게

그분도 나의 사정을 이해하셨는지 더 이상 아무 말씀 안 하시고 도로 나가셨다.

나는 순간 쥐구멍이라도 있으면 숨고 싶었다.

선생님! 그땐 제가 수세식 화장실이 처음이라 몰라서 그랬습니다! 죄송합니다! 그리고 이해해 주서서 감사합니다.

35. 아직도 멀쩡한데

오늘은 재활용품 버리는 날!

종이, 플라스틱 비닐, 냉장고, 선풍기, 문갑, 식탁, 침대, 종이 쇼핑백 속의 나무 청둥오리 한 쌍까지.

"이 침대와 문갑 아직 말짱한데 왜 버렸지?"

지나가던 한 아주머니가 멈춰 서서 만져 보기도 하고 손으로 톡톡 두드려 보기도 하다 지나갔다.

어떤 할아버지는,

"요즘 사람들 물건 귀한 줄 몰라! 고장 나면 고쳐 쓰면 되지. 버리긴 왜 버려!"

그 말에 식탁은 맞장구쳤다.

"그러게 말이야! 난 새로 사서 이 집에 온 지도 얼마 안 돼! 그런데 주인이 새 아파트로 이사를 가는데 그 집과 안 어울린다나!"

침대도 거들었다.

"나도 그래! 처음 이 집에 왔을 땐, 그렇게 좋아하더니 더 좋은 걸 산다나 봐!"

그러자 전자레인지도 한마디 했다.

"난 너무 오래되어서 고칠 부품이 없대! 주인과 이십 년 넘게 살았으면 오래 산 거지 뭐! 우리 주인은 참 알뜰했거든."

묵묵히 듣고 있던 장롱이 말했다.

"시대의 흐름은 어쩔 수 없나 봐. 우리 주인은 내가 안방에 들어갈 때만 해도 매일 나를 닦아 주고 손으로 어루만지며 흐뭇해했지! 그렇지만 이사 몇 번 다니는 동안 서툰 일꾼들 때문에 찍히고 긁히고 삐걱대기 시작했어! 그리고 요즘 웬만한 아파트엔 다 붙박이 장롱이 다 있어서 더는 우리가 필요 없게 됐어. 좋은 나무로 만든 것일수록 값도 비싸고 무거워서 이삿짐 일꾼들은 우리를 별로 좋아하지 않아. 장롱의 전성기는 이제 끝이야!"

세탁기도 말했다.

"나는 주인집 식구들 빨래를 십 년 넘게 해 주었는데, 이사 가는 집에 놓을 데가 없나 봐! 좋다고 할 땐 언제고 사람 마음이 그렇게 쉽게 변할 수 있는 거야?"

조용히 숨소리도 내지 않고 듣고만 있던 쇼핑백 속 나무오리는 조심스럽게 말했다.

"우린 할 말이 없네. 문갑 위에 앉아 주인의 사랑만 받았으니, 우리도 그럭저럭 주인과 십 년 정도 지냈어."

그때 지나가던 한 아이가 엄마 손을 이끌며, "엄마, 이 속에 청둥오리 한 쌍이 있다! 집에 가져가자, 응?" 하고 졸랐다.

젊은 엄마는 아이와 함께 쇼핑백 속에서 오리를 꺼내 이리저리 살펴보더니,

"음, 한 쌍이네? 아영아! 말짱하니 집에 데려가자! 오리야! 이제부터 너희는 우리 식구다!"

이 모습을 본 장롱, 식탁, 침대는,

토마토가 체리에게

'저 부인은 말도 예쁘게 하는 걸 보면 마음도 천사일 거야.'

아영이는 그날부터 오리들을 물티슈로 닦아 주고, 마른 티슈로 또 닦아 주고 귀엽다고 뽀뽀까지 해 주었다.

아영이는 오리와 자주 눈을 맞추어 주었고 자기 전에도, 일어날 때도 오리를 보며 미소 띤 얼굴로 "오리들아! 안녕!" 꼭 빼놓지 않고 인사를 해 주었다.

오리도 '공주님, 안녕' 속으로 인사를 했다.

오리는 참 좋은 주인을 만났지만 함께 있던 장롱이며, 식탁, 침대, 냉장고, 세탁기, 전자레인지는 어떻게 되었을까? 아영아! 고마워. 그리고 사랑해!

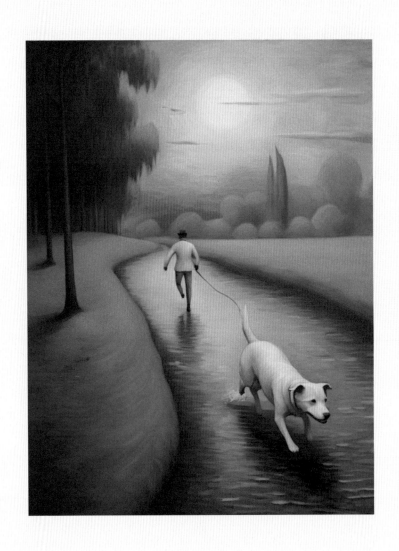

36. 도둑 든 날

추운 겨울이 지나고 어느새 따뜻한 봄이 왔다.

점심을 먹은 할머니는 햇볕이 따뜻하게 비치는 마루 밑에서 낮잠을 자는 개를 보며,

"흰둥아! 잠 그만 자고 나물 캐러 갈 건데 함께 가자!"

그 소리에 흰둥이는 벌떡 일어났다.

기지개를 켜고, 크게 하품하였다. 그리고 할머니를 향해 꼬리를 쳤다.

'귀찮게 할머니는 또 어디 가는 거야!'

흰둥이는 쩝쩝 입맛만 다실 뿐 할머니를 따라 밖에 나갈 생각이 없는지 도로 마루 밑으로 들어가 버렸다.

할머니는 하는 수 없이 마루 위에 웅크리고 있는 고양이에게 말했다.

"밍크야! 함께 갈래?"

그리자 고양이는 "야옹" 하며 할머니를 따라갔다.

대문을 열고 나서니 집 앞 들에는 밭마다 파릇파릇 쑥과 냉이가 가득했다.

할머니는 모처럼 바구니 가득 봄나물을 캤다.

밍크는 길에서 나물 캐는 할머니를 물끄러미 바라보기도 하고 킁킁거리며 냄새를 맡기도 했다.

할머니는 밍크와 집으로 돌아와 햇볕 따뜻한 마루에 앉아 나물을 다듬

었다.

잘 다듬은 냉이는 마당 수돗가에서 물로 씻은 다음, 반은 국을 끓이고 반은 데쳐서 냉이 무침을 할 생각을 하니 입안에 침이 돌았다.

그날 저녁, 밍크는 할머니가 밥을 하러 부엌에 들어갈 때도 졸졸 뒤를 따라갔다.

"밍크야! 네가 좋아하는 멸치다!"

할머니는 밍크에게 멸치 몇 마리를 주자, 밍크는 멸치를 맛있게 받아먹었다.

'바로 이 맛이야.'

할머니는 냉이로 만든 국과 무침으로 맛있게 저녁 식사를 하였다.

밍크에겐 먹이로 사료를 주었고, 흰둥이는 눌은밥과 찌개 국물을 밥그릇에 부어 주었다.

어느 날 새벽,

"카아악! 카아악!"

할머니는 밍크의 갑작스러운 소리를 듣고 잠이 깼다.

"밍크야? 왜 그래?"

그러자 문갑을 여닫는 소리가 들려서 그쪽을 보니 웬 시커먼 사람이 방 안을 뒤지고 있었다.

'도둑이 들었구나! 어쩌지?'

그때, 밍크가 도둑에게 와락 덤벼들어 날카로운 앞발로 도둑의 손등을 할퀴었다.

"악!!"

갑작스러운 밍크의 공격에 당황한 도둑은 비명을 지르며 문밖으로 달

토마토가 체리에게

아났다.

할머니는 겁에 질려 자리에서 일어날 생각도 못 하고 벌벌 떨고만 있었다.

쫘당!

달아나던 도둑이 무언가에 걸려 넘어졌다.

할머니는 도둑이 넘어지는 소리에 정신을 차리고 방 안 구석에 있는 다듬잇방망이를 들고 문밖에 나가서 마루에 있는 불을 켰다.

마루엔 검은 옷에 복면한 도둑이 넘어져 있었다.

마룻바닥엔 콩이 든 자루가 넘어져 있고, 쏟아진 콩들이 흩어져 있었다.

콩이 든 자루가 넘어지는 바람에 쏟아진 콩을 밟은 도둑이 넘어진 것이었다.

그 와중에도 도둑이 일어서서 비틀거리며 마루에서 마당으로 내려서는데, 갑자기 흰둥이가 달려들어 도둑의 다리를 꽉 물었다.

"으악!"

도둑은 자기도 모르게 얼굴에 쓴 복면을 벗어 던지며 소리를 질렀다.

도둑의 목소리는 할머니 귀에 익숙했다.

할머니가 도둑에게 가까이 다가가 보니 옆집에 혼자 사는 도 씨였다.

할머니는 너무도 놀라서 말이 쉽게 나오지 않았다.

"도 씨! 사람 그렇게 안 봤는데 몹쓸 사람이구먼!"

"할머니! 죄송합니다. 용서해 주세요!"

도 씨는 할머니께 머리를 조아리며 여러 번 용서를 빌었다.

그제야 할머니는 흰둥이에게 "흰둥아! 그만해라!"

흰둥이는 분이 아직 안 풀렸는지 도둑을 향해 컹컹 짖어 댔다.

도둑은 다리를 질질 끌며 대문 밖으로 나갔다.

"휴~~"

할머니는 안도의 한숨을 내쉬었다.

그리고 대견한 듯 흰둥이를 바라보며 말했다.

"낮이나 밤이나 잠만 자던 잠꾸러기 우리 흰둥이가 큰일을 했구나!"

토마토가 체리에게

37. 벽돌

벽돌 공장에서 벽돌 나르는 일을 한 적이 있다.

벽돌을 나르는 일이 보기에는 쉬워 보였는데 막상 일을 하고 보니 결코 만만한 일이 아니었다.

벽돌을 찍는 기계에서 나오는 벽돌은 한 번에 12장이 나오는 데 손으로 들기에는 상당히 무거웠다.

12장을 담은 팔레트를 들고 공터에 열을 맞추어 갖다 놓아야 한다.

이동하는 동안 조금이라도 흔들리면 젖은 벽돌은 이내 부서져 버린다. 그렇게 되면 다시 들고 와서 기계에 부어야 한다. 그러면 힘이 곱절로 든다. 그렇다고 마냥 천천히 할 수는 없다. 같이 일하는 사람에게 피해를 주기 때문이다.

몇 번 나르지도 않았는데 다리는 후들거리고 허리는 아프고 온몸은 땀에 젖었다.

그제야 '내가 생각을 잘못했구나!' 하고 깨달았다.

일을 시작하기 전 경상도 사투리의 책임자분이 하던 말이 생각났다.

"이 일이 보기엔 쉬워 보여도 안 해 본 사람은 못 합니다. 이 일을 견딜 수 있다면 세상에 못 할 일이 없을 겁니다."

한 시간쯤 지났을까? 눈앞도 어질어질했다.

'지금이라도 못 하겠다고 하고 갈까?'

이런 생각이 목구멍까지 올라오는 걸 억누르고,

'한나절만 버텨 보자. 그러고도 안 되면 포기하자!'

나는 젖 먹던 힘까지 다해 이를 악물고 버텼다.

이윽고 점심시간 밥을 먹고 한 시간 휴식 시간에 나는 적당한 곳에 드러누웠다.

온몸이 쑤시고 안 아픈 곳이 없었다.

'오후도 견딜 수 있다면 하루 일당을 받을 수 있을 텐데.'

그런 욕심이 생겼다.

오후 시간을 어떻게 버텼는지 모르겠다.

해가 기울 때쯤 작업이 끝났다.

몸이 말을 잘 듣지 않았다. 빨리 집에 가서 씻고 눕고 싶었다.

그날 저녁 파스로 온몸을 도배하듯 붙였고 1주일 동안 꼼짝할 수 없었다.

나는 지금도 집을 짓는 현장을 지날 때면 그때 생각이 난다.

힘들다고 생각할 때, 그때 벽돌 나르는 일을 하던 순간을 떠올려 본다.

또 하라면 못 하겠지만, 경상도 억양의 책임자분이 하던 말을 되새겨 본다. '이 일을 견딜 수 있다면 세상에 못 할 일이 없다'는 말을.

그런데 그 일만큼은 체력이 받쳐 줘야만 하는 일이었다.

내가 할 수 있는 일과 할 수 없는 일이 있다는 것을 깨달았다.

그때 내가 힘들게 만든 벽돌은 어떤 건물을 짓는 데 쓰였을까? 궁금하다.

토마토가 체리에게

38. 산

산은 왜 산이라고 했을까? 해가 늦게 뜨고 일찍 지는 산!

봄도 늦게 찾아오고, 겨울은 빨리 찾아오는 곳! 산!

우리는 왜 이곳에서 살게 되었을까?

새끼 고라니는 엄마 고라니한테 이것저것 묻고 싶은 게 많다.

하지만, 요즘 엄마가 뭔가 걱정거리가 있는 것 같아 묻지 않았다.

사람들이 놓은 덫에 걸려 끝내 돌아오지 못한 아빠 고라니를 엄마는 그리워하고 계신 것 같다.

맛있는 감자와 고구마, 옥수수, 더덕을 구해다 준 아빠 고라니를 이제 더 이상 볼 수 없다고 생각하니 새끼 고라니도 슬퍼졌다.

엄마 고라니는 산책하러 가자는 옆 동굴 노루 가족들의 말에도 별로 내키지 않은 듯 그저 먼 곳을 바라보며 고개만 저었다.

엄마 고라니는 새끼 고라니에게 나직이 말했다.

"아가야, 이제 우리 힘으로 살아가야 해! 알았지? 자주 다니던 길도 뭔가 이상하면 되돌아와야 해! 혼자 다니지 말고 조심 또 조심해야 해. 엄마 곁을 떠나선 안 돼. 알겠지?"

새끼 고라니는 '그러면 사람들이 모르는 더 깊은 산으로 가야 하는 걸까? 엄마는 그 문제로 걱정하겠구나! 얼마 전 멧돼지도 사람들이 놓은 올무에 걸려 잡혀갔지. 그러고 보니 요새 토끼들도 보이지 않았어. 다들 무사해야 할 텐데……'라고 생각했다.

하루는 옆 동굴에 사는 노루 아줌마가 우리에게 와서 말했다.

"며칠 후 더 깊은 산속으로 이사 갈 건데, 함께 가는 게 어때요? 그곳은 산이 험해서 사람들이 찾아올 수 없는 곳이에요!"

그래서 엄마 고라니와 새끼 고라니도 노루 가족을 따라 한밤중에 길을 떠났다.

엄마 고라니도 새끼 고라니도 몇 번씩 뒤를 돌아다보았다.

"우리도 이곳이 많이 생각날 거야. 새로운 곳에서는 모두 다 건강하게 잘 지낼 수 있을 테니 너무 걱정하지 말아요."

노루 아줌마가 고라니 가족을 보고 위로해 주었다.

"이곳은 깊은 산속이어서 사람들이 오지 않을 거예요! 아무 걱정 하지 말아요!"

산속은 주변이 바위로 되어 있어 사람들이 이곳에 올 일은 없을 것 같 았다.

동굴도 넓고 깊었고, 밖은 풀숲에 가려서 이곳이 동굴인지 뭔지 모를 것 같았다.

노루 가족들은 고라니 가족을 따뜻하게 대해 주었다.

골짜기마다 밤나무와 도토리나무도 많아 먹을거리는 걱정하지 않아도 됐다.

부스럭거리는 작은 소리에도 바람결에 맡아지는 냄새에도 어디에 어떤 동물이 사는지 잘 알게 되었고, 새 보금자리에 모두 다 익숙해졌다.

뭔가 의지할 것이 있다는 건 큰 힘이 된다는 걸 고라니 엄마와 새끼 고 라니는 알게 되었다.

토마토가 체리에게

엄마 고라니는 새끼 고라니가 건강하게 잘 커서 노루 가족이 따뜻하게 대해 준 것처럼 다른 외로운 동물에게 도움을 줄 수 있는 어른 고라니로 잘 자라길 마음속으로 빌었다.

'달콤한 봄볕! 낮잠 속 꿈결처럼!'

39. 향기

지민이는 세숫비누를 새로 사면 겉 포장지를 물론 속포장지도 버리지 않고 블루투스 스피커 옆에 두고 가끔 비누 향을 맡아 보곤 한다.

다 날아갔나 맡아 보면 아직도 나는 은은한 그 향! '어느 꽃에서 따온 숨결일까?' 하고 생각해 본다.

오이 비누, 살구 비누, 장미 비누, 인삼 비누, 수제 천연 비누 등 손이나 몸을 씻을 때마다 나는 기분 좋은 그 향!

왠지 깨끗해지고 피부를 좋게 해 줄 것만 같은 느낌이 든다.

지민이는 몸뿐만 아니라 마음까지도 힐링되는 것 같아 매번 흐뭇하다.

이 비누를 만든 분들이 정말 고맙게 느껴진다.

그분들도 많은 실험과 시행착오를 겪고, 이 좋은 비누를 만들지 않았을까?

아파트 엘리베이터를 탔을 때, 사람은 없고 은은하게 나는 비누 향기인지 화장품 향기인지 모를 그 은은한 향기가 지민이를 기분 좋게 해 준다.

차 향기도 은은한 게 좋듯이, 아카시아 비누, 사과 비누도 만들면 참 좋을 것 같다.

먹어서 좋은 건 분명 피부에도 좋을 것 같다.

어떤 사람은 너무 자주 씻거나 비누를 쓰는 것은 피부에 덜 좋다고 말하는 사람들도 있지만, 산성비에 매연 먼지가 많은 요즈음 잘 안 씻는 게 되려 피부에 더 안 좋을 것 같다. 뭐든 너무 과하게 사용하지 않는다면 달리 걱정할 필요는 없을 것 같다.

비누든 화장품이든 자기 피부에 잘 맞는 것을 사용하는 게 중요할 것 같다.

지민이는 여태까지 어떤 비누도 피부에 잘 맞았다.

또래 친구들보다 피부도 하얀 편이고, 얼굴도 갸름해서 주위 친구들의 부러움도 받고 있다. 좋은 몸을 물려주신 부모님께 감사드린다.

어느 날, 새로 나온 비누라며 엄마가 산양유로 만들어진 비누를 사 오셨다.

지민이는 포장지를 뜯고 얼른 향기를 맡아 보았다.

향기도 그윽하고 몸에도 좋을 것 같았다.

지민이는 친구인 유빈이, 윤이, 서우에게 한 개씩 나누어 주었다.

며칠 후, 유빈이에게서 전화가 왔다.

"지민아! 지난번에 네가 준 산양유 비누를 써 보니 향기도 좋고 피부에도 아주 좋아! 고마워!"

윤이와 서우도 떡볶이 먹을 때 비누 이야기를 하였다. 정말 좋은 비누라고!

지민이는 욕실에서 손을 씻는 순간도 참 기분 좋다.

손에 묻은 먼지나 세균뿐만 아니라 마음속 스트레스까지 다 씻기는 것 같기 때문이다.

누군가를 기분 좋게 해 주고 깨끗하게 씻어 주는 비누처럼 지민이도 겸손하고 좋은 향기 같은 사람이 되고 싶다.

순수하고 맑은 내 친구 유빈아! 윤아! 서우야! 우리 아름다운 향기처럼 멋지게 살자!

170 　　　　　　　토마토가 체리에게

40. 서윤이의 봄

생각만 해도 마음 설레게 하는 이름!
그는 내게 사랑하는 임이며 친구다.
사랑한다고 아직 말하진 않았지만
그를 만날 생각을 하면 벌써 기다려진다.

그도 나를 좋아해 줄지는 모르지만
나는 그가 좋다.
나 말고도 다들 그를 좋아한다는 게 좀 그렇다.
"내가 좋으면 됐지, 뭐!"
그를 만나면 그는 마음을 활짝 열고 나를 반겨 준다.
그러니 나는 기쁘지 않을 수 없다.

그가 내게 올 수 없으니 내가 그에게로 다가갈 수밖에!
그리고 그는 아주 짧게 내 곁에 머물다 간다.
그와 함께할 시간이 기다려진다.
내 친구 벚꽃이여!

41. 동태전

준엽이는 엄마 심부름으로 마트에 다녀오면서 아파트 정원 벤치에 앉아 계신 할머니 한 분을 보았다.

'303호 할머니이시네?'

준엽이는 할머니 앞으로 갔다.

"할머니, 안녕하세요. 303호 사시죠? 저는 403호에 사는 준엽이에요."

"오, 그래. 인사성도 밝고 상냥하기도 하지."

"가 보겠습니다, 할머니."

준엽이는 할머니께 인사를 드리고 집으로 향했다.

집 안에 들어서자, 엄마가 동태전 부치는 냄새가 집 안 가득했다.

준엽이는 군침이 돌았다.

"엄마, 다녀왔어요."

"준엽아! 이리 와서 동태전 맛 좀 봐라."

준엽이는 얼른 주방으로 가서 금방 부친 맛있는 동태전 한 쪽을 받아먹었다.

동태전은 정말 맛있었다.

"자! 한 쪽 더!" 준엽이는 엄마가 주신 동태전을 한 쪽을 더 먹었다.

"엄마! 제가 마트 다녀오는 길에 벤치에 앉아 계신 303호 할머니를 뵈었어요. 홀로 사시는 것 같은데 이 동태전을 좀 가져다드리면 어때요?"

"우리 준엽이가 다 컸네? 엄마가 쟁반에다가 차려 줄 테니 가져다 드리고 오렴."

엄마는 동태전 한 접시와 송편 한 접시를 쟁반에다가 담아 주셨다.

"할머니께 쟁반과 그릇은 안 주셔도 된다고 해라!"

준엽이는 엄마가 주신 쟁반을 들고 303호로 찾아갔다.

벨을 누르니 한참 후에 할머니가 나오셨다.

"할머니! 이거 엄마가 가져다드리래요."

"귀한 음식을 그냥 받아도 되나?"

"괜찮아요, 할머니! 맛있게 드세요. 쟁반과 그릇은 안 주셔도 돼요. 우리 집에 많으니까요! 안녕히 계세요."

준엽이는 집으로 왔다.

"엄마, 가져다드렸어요. 할머니께서 잘 먹겠다고 하셨어요."

"우리 준엽이 이다음에 엄마가 할머니처럼 되면 그때도 지금처럼 친근하게 대해 줄 거지?"

"엄마! 걱정하지 마세요."

준엽이는 엄마의 말을 듣는 순간 '우리 엄마도 언젠가는 303호 할머니처럼 나이를 드시겠구나!' 하는 생각이 들자 왠지 서글프다는 생각이 들었다.

그리고 지금부터라도 엄마한테 더 잘해 드려야지 하는 마음이 들었다.

준엽이는 추석이나 설 때 엄마가 부쳐 주시는 동태전과 엄마가 집에서 직접 담그신 식혜를 세상에서 제일 좋아한다. 이만한 음식이 또 있을까 할 정도다.

엄마, 오래오래 건강하셔야 해요. 준엽이가 꼭 효도할게요!

토마토가 체리에게

42. 호이안

"운동도 할 겸 딱 한 달만 해 봐야지."

승교는 다부지게 마음먹고 1주일째 광고지를 돌리는 일을 하고 있다.

승교가 광고지를 돌리는 지역은 달동네다.

달동네는 언덕과 계단으로 이루어져 있고, 엘리베이터가 없는 연립주택이 아주 많다.

그리고 사나운 개도 많다.

오늘은 치킨 광고지를 돌리는 날이다.

승교는 집마다 광고지를 돌릴 때마다 이 광고지를 보게 될 사람들을 생각해 보았다.

'이 광고지를 보고 얼마나 많은 사람들이 주문할까?'

광고지를 반쯤 돌렸을 때, 오래된 집이 다닥다닥 모여 있는 공터에 다다랐다.

공터에는 아이들이 큰 소리로 떠들며 신나게 놀고 있었다.

그런데 아이들과 어울리지 못하고 오래된 집 출입문 앞에서 노는 아이들의 모습을 물끄러미 바라보는 한 아이가 눈에 띄었다.

승교는 그 아이에게로 천천히 다가갔다.

열 살 정도 된 초등학생 여자아이가 어깨에는 책가방을 메고 이름표까지 달고 있었다.

'호이안! 생소한 이름이네? 베트남에서 왔나?'

"혹시 젤리 좋아하니?"

아이는 승교의 눈을 한 번 쳐다보더니 고개를 끄덕였다.

승교는 주머니에서 젤리 한 개를 꺼내서 아이 손에 쥐여 주었다.

아이는 왜 그런지 바로 젤리를 먹지 않고 손에 쥐고 있었다.

"혹시 그림 그리는 거 좋아하니?"

그제야 아이는 빙긋 웃으며 "네" 하고 대답했다.

승교는 "안녕" 하며 그 자리를 떠났다.

그 아이도 승교를 향해 고개를 끄떡이며 고사리 같은 손을 흔들어 주었다.

승교는 왠지 마음이 짠했다.

다른 아이들은 학원에 다닐 시간에 집에도 못 들어가고 동네 아이들과도 어울리지도 못하는 그 아이가 계속 마음에 남았다.

'치킨 광고지를 보고 아이는 얼마나 먹고 싶었을까? 대신 다음에 오게 되면 꼭 크레파스를 사 줘야겠다.'

그렇지만 계속 다른 동네로 가야만 했다.

어느 날,

"사장님! 십정동에 광고지를 돌릴 것 없나요?"

"그렇지 않아도 내일 말해 주려고 했어요! 내일 십정동에 한 번 더 가 주세요!"

다음 날!

승교는 문구점에 들러 크레파스를 하나 사서 가방에 넣고 호이안이 사는 동네를 향해 광고지를 돌리며 갔다.

토마토가 체리에게

'혹시 그 아이가 없으면 어떡하지?' 하고 은근히 걱정했는데, 호이안은 여전히 출입문에 등을 기대고 쭈그리고 앉아서 아이들 노는 것을 멀거니 바라보고 있었다.

승교는 반갑게 다가가 "호이안! 잘 있었니?"

그러자 아이도 승교를 알아보고 자리에서 벌떡 일어나더니 꾸벅 절을 했다.

승교는 가방에서 크레파스를 꺼내 호이안에게 주었다.

"그리고 싶은 것! 마음껏 그려!"

호이안은 휘둥그러진 눈으로 승교와 크레파스를 보았다.

그리고 환하게 웃었다.

"집에 왜 안 들어가니?"

"혼자 있는 게 싫어서요."

그 말을 듣는 순간 승교는 울컥했다.

승교는 뭐라고 말을 해 줘야 할지 몰랐다.

"지금은 혼자지만, 앞으로는 좋은 친구들을 많이 만나게 될 거야! 호이안! 잘 있어! 안녕!"

그리고 승교는 그 자리를 떠났다.

아르바이트가 끝나는 날, 친구 경림이와 만나 떡볶이를 먹으며 호이안 이야기를 해 주었다.

호이안! 꿋꿋하게 너의 꿈을 마음껏 펼치렴!

43. 달빛 콘서트

주연이 할머니의 유일한 고향 친구 옆집 할머니가 놀러 오셨다.

옆집 할머니께서 주연이 할머니께 말하셨다.

"날씨도 점점 추워지는데 이주 보상금 몇 푼 가지고 어디로 가야 하는 지……."

"그러게 말이야. 좁아터진 딸네 집에 들어갈 수도 없고."

"그러고 보니 아무래도 우리는 세상을 헛산 거 같아! 이 나이 먹도록 의 탁할 때가 없으니."

"정 안 되면 어디 멀리 시골이라도 가자고."

"시골은 뭐 우리 같은 노인들 받아 준대?"

"너무 걱정하지 마! 무슨 수가 있겠지."

주연이는 두 분 할머니의 이야기를 듣다가 슬그머니 밖으로 나왔다.

두 분 할머니의 이야기를 들으며 참 서글프다고 생각했다.

"오늘이 보름인가? 달은 왜 저렇게 밝은 거야?"

주연이는 아직 떠나지 못한 채 이곳에 남은 분들의 마음이 두 분 할머니 의 마음과 똑같을 거라고 생각했다.

'재개발을 꼭 해야 하나? 지금처럼 그냥 살게 해 드리면 안 되는 걸까?'

주연이는 할머니와 저녁을 먹고 벤치로 향했다.

가구공장에 다니는 찬송이 오빠가 기타를 조율하고 있었다.

오늘따라 그 소리가 슬프게 뛰는 할머니의 맥박 같기도 하고 기타의 울음 같기도 했다.

주연이는 찬송이 오빠 옆에 조용히 가서 앉았다

"주연아! 뭐 듣고 싶은 곡 있냐?" 찬송이 오빠가 물었다.

"가을이 듣고 싶어요!"

찬송이 오빠는 망설임도 없이 능숙한 솜씨로 기타 줄을 튕기며 '가을'을 불렀다.

찬송이 오빠가 나직이 부르는 노래는 왠지 서글프게 들렸다.

이 노래를 들으며 주연이는 문득 '제비들은 봄이 오면 내년에 다시 올 수 있어도, 이곳 분들은 이곳을 떠나면 과연 다시 올 수 있을까?'라는 생각이 들었다.

영음이 오빠가 트럼펫을 불면서 나타났고, 경비 일을 하는 성철 아저씨는 아코디언을 연주하며 합류했다.

이 집, 저 집 창문을 열고 연주 소리를 듣는 사람들이 많아졌다. 복음성가 '내일 일은 난 몰라요'를 연주할 때는 주연이 할머니는 손수건으로 눈물을 닦으시며 끝까지 그 곡을 따라 부르셨다.

옛 가요 '찔레꽃'이 연주될 때는 주연이 할머니 친구분은 옛 생각에 잠긴 듯한 표정으로 그 곡을 조용히 따라 부르셨다.

둥근달도 제자리에 못 박힌 듯이 애잔한 연주와 노래를 듣고 있는 것 같았다.

이제는 시끄럽다고 소리 지를 할아버지도 없고 조용한 백사 마을에 연주 소리와 노랫소리만이 사람들이 떠난 빈자리를 채우고 있었다.

어떤 할머니는 과일과 음료수도 가져다주셨고, 사람들이 나와 연주와

토마토가 체리에게

노래를 듣고 계셨다. 손수건으로 눈물을 훔치는 분도 계셨다.

연주는 두 시간을 훌쩍 넘겼다. 아무도 그만하자는 말을 하는 사람이 없었다.

슬레이트 지붕에 폐타이어와 군데군데 금이 간 벽들이 그나마 추위와 더위를 막아 주었지만, 이제 이분들은 어디서 이 추위와 더위를 견디어야 할까?

주연이 할머니는 이 노래들을 들으면서 서울에 처음 올라와서 친구분과 함께 봉제 공장에 다니면서 고생하던 때와 딸을 시집보내던 때를 떠올렸다.

집안이 어려워서 학원도 다니지 못하고 새벽에 신문을 돌리며 열심히 공부해서 명문대학에 합격한 준희!

온 동네 사람들이 자기 일처럼 축하해 주던 때도 생각났다. 그때 집마다 조금씩 돈을 모아 등록금과 현수막도 달아 주었다.

저 멀리 아파트 단지에 휘황한 불빛들은 은하수처럼 영롱한데, 그곳에 사는 사람들은 이곳 사람들의 마음을 알까?

44. 비 오는 날

학교 수업이 끝날 무렵.

'우르릉 꽝꽝!'

먹구름이 모여들면서 천둥소리도 요란했다.

'우산도 없는데 제발 체육관에 갈 동안만이라도 비야 내리지 말아 다오.'

우철이는 마음속으로 간절히 빌었다.

학교 옆에 있는 합기도 체육관에 가는 동안 다행히 비는 내리지 않았다.

1시간 정도 운동을 한 후, 서둘러 집에 와서 여느 때와 같이 저녁을 먹고 있는데 밖에는 비가 줄기차게 쏟아지기 시작했다.

저녁을 먹은 후 TV를 켜서 좋아하는 액션 영화를 시간 가는 줄 모르고 보고 보았다.

우철이의 집은 큰길에서 한참을 올라와야 하는 언덕배기에 있다.

골목마다 보안등이 없어 밤이 되면 불안한 길이다.

"아차, 엄마와 누나 마중 갈 시간이네."

엄마는 식당 일을 하신다. 누나는 낮에는 작은 사무실에서 일하고 밤에는 야간대학교에 다닌다.

'고생하는 엄마와 누나를 생각하면 하루라도 빨리 고등학교를 졸업하고 돈을 벌어 엄마와 누나의 고생을 덜어 주고 싶다.'

우철이는 급히 여벌 우산을 챙겨 들고 버스 정류장으로 내달렸다.

비가 많이 내려 골목길은 빌목까지 찰 만큼 물길이 되어 있었다.

버스 정류장에 도착해 보니 아직 엄마와 누나의 모습은 보이지 않았다.

'늦지 않아서 다행이다.'

조금 후에 도착하는 버스에서 엄마와 누나가 내렸다.

"엄마! 누나!"

"그렇지 않아도 우산 없어서 걱정했는데 잘됐다."

누나는 반가운 듯 싱긋 웃었다.

우철이는 엄마와 누나에게 우산을 나누어 주었다. 그리고 함께 집 앞까지 걸어왔다.

엄마와 누나가 대문 안으로 들어가는 것을 보고 우철이는 교회로 향했다.

교회는 버스 정류장을 거쳐 가게 되어 있었다.

우철이가 버스 정류장 근처를 지나는데 같은 교회를 다니는 예진 누나가 버스에서 내리고 있었다.

그런데 어떤 청년이 예진 누나 뒤를 따라가는 것이 왠지 불안해 보였다.

그래서 우철이는 그들 뒤를 따라갔다.

어두운 골목길로 접어들려고 할 때, 그 청년은 예진 누나의 팔을 잡고 다른 곳으로 끌고 가려고 했다.

"이 팔 놓으세요! 도와주세요!" 다급하게 예진 누나가 소리를 질렀다.

"당장 그 손 놓지 못해!" 우철이가 그 청년에게 말했다.

"넌 뭐야?"

"우철아! 도와줘!"

그 청년은 예진 누나의 팔을 놓고 우철이를 가소롭다는 듯이 쳐다보며,

토마토가 체리에게

"다치고 싶지 않으면 저리 가라!"

"너야말로 좋은 말로 할 때 물러가라!"

청년이 우철이에게 주먹을 날렸다. 우철이는 잽싸게 피하면서 청년의 팔을 잡아 뒤로 꺾어 제압했다.

그 청년은 신음을 내며 "잘못했습니다. 이거 좀 놓아주세요."

우철이는 그를 풀어 주며 "한 번 더 누나 앞에 나타나면 그땐 이 정도로 안 끝낼 거야!"

"네, 알겠습니다." 그 청년은 어디론가 후다닥 달아났다.

"우철아! 고마워! 너 아니었으면 큰일 날 뻔했어."

"누나 괜찮으세요? 어디 다친 데 없으세요?"

"난 괜찮아!"

우철이와 예진 누나는 우산을 함께 쓰고 교회로 향했다.

45. 쌍무지개

시아와 은재는 옆집에 사는 친한 사이다.

같이 책도 읽고 맛있는 간식도 서로 나누어 먹고 심심하면 공기놀이도 한다.

시아와 은재는 서로 욕심이 없다는 점에서 더욱 친하게 지낸다.

비가 오는 날이면 둘은 누가 먼저라 할 것도 없이 비가 그친 동네 이곳 저곳을 쏘다닌다.

흙탕물이 콸콸 흘러가는 도랑이며, 굵은 빗방울을 뚝뚝 떨어뜨리는 나무, 폴짝폴짝 뜀뛰는 개구리를 보는 것도 즐겁다.

그런데, 서쪽에 검은 구름 사이로 해가 나오자, 동쪽 학교가 있는 곳에 커다란 무지개가 떠 있는 게 아닌가? 그것도 색깔이 너무도 선명한 쌍무지개가.

쌍무지개를 보면 행운이 온다는 말을 언젠가 들은 적이 있는 것 같다.

시아는 '우리 가족 모두 건강하게 해 주시고 아주아주 예쁘게 잘 자라게 해 주세요'라고 빌었고, 은재는 '몸도 마음도 건강하고 공부도 잘할 수 있게 해 주세요. 엄마, 아빠도 건강하게 해 주세요. 누구보다도 예뻐지게 해 주세요'라고 빌었다.

시아는 생각했다.

'저 예쁜 무지개를 타고 하늘로 올라가서 이곳저곳을 구경할 수 있다면

얼마나 좋을까?'

은재도 생각했다.

'무지개는 구름 꽃 또는 이슬 꽃일 거야! 그리고 무지개가 쌍으로 뜬 것은 분명 나에게 찾아온 행운일 거야!'

시아는 무지개를 보면서 문득 은재네 집 마당에서 붉은 봉숭아꽃이 막 피었을 때가 떠올랐다.

"은재야, 네가 나에게 붉은 봉숭아 물을 들여 주기 위해 손가락마다 붉은 꽃잎을 올려놓고 푸른 잎사귀로 싸맨 다음 실로 꽁꽁 매어 주던 너의 예쁜 마음을 나는 잊을 수가 없어. 야무진 너의 손끝이며, 눈썰미에 나는 감동하였어.

다음 날 네가 나에게 물들여 준 손톱마다 연한 봉숭아 물은 오래도록 정말 예뻤지.

언제까지나 지워지지 않을 거야. 고마워! 은재야!

너를 위해 늘 기도할게."

"소중한 내 친구 시아야, 이 아름다운 무지개를 너랑 함께 볼 수 있다는 게 행운 같아!

노란 감꽃을 하나씩 실에 꿰어 만든 목걸이를 내 목에 걸어 주던 너의 예쁜 마음을 나도 잊을 수 없단다. 은은한 감꽃 향기는 아직도 내 마음속에 남아 있단다.

그리고 토끼풀로 만든 꽃반지를 내 손가락에 끼워 주었지.

고마워! 시아야!

우린 서로 사라지지 않는 아름다운 쌍무지개야!"

192

46. 토마토가 체리에게

상점 안에 채소와 과일이 보기 좋게 진열되어 있다.

토마토가 옆에 있는 체리에게 말했다.

"요즘 젊은 여성들은 살찔까 봐 밥과 김치를 안 먹는 사람도 있대!"

"그럼 뭘 먹는데?"

"샐러드에 빵이나 우유를 먹는대."

"그렇게 먹고 견딜 수 있나? 밥에 김치를 먹어야 든든하지."

묵묵히 듣고만 있던 배추가 말했다.

"토마토와 체리는 역시 똑똑해! 김치 하면 뭐니 뭐니 해도 내가 빠지면 안 되지."

무도 거들었다.

"깍두기도 잊으면 안 되지."

"김치는 이 쪽파가 들어간 양념이 아주 중요하지!"

"나! 생강이 안 들어가면 안 되지."

"감칠맛 내는 데는 이 마늘만 한 게 없지!"

"고춧가루가 없으면 앙꼬 없는 찐빵이지!"

"나 쑥갓은 왜 빼놓는 거야?"

"다 중요하지! 그렇지만 나 소금이 빠지면 싱거워서 먹을 수 없지."

잠자코 듣고만 있던 수박이 대뜸 입을 열었다.

"오늘 김치 특집인가?"

모두 자기 배꼽을 잡고 웃었다.

하마터면 토마토는 굴러서 진열대 밖으로 떨어질 뻔했다.

수박이 또 말했다.

"수박 한 쪽씩 매일 먹으면 살찔 염려 안 해도 될 텐데……."

"참외도 그래! 내 이름에도 '참' 자가 들어가 있잖아!"

"향도 좋고 맛도 좋은 착한 과일로 수박과 참외 인정!"

토마토가 선언했다.

"해독 작용까지 해 주고 몸에 좋은 이 복숭아도 좀 알아줬으면 좋겠어!"

"나! 자두도!"

"체리 이름도 예쁘지 않아? 단지 내 몸속에 단단한 씨가 들어 있다는 것만 빼면 나도 괜찮은 과일이야!"

"우린 모두 사람들을 위해 이곳에 있어! 사람들은 그걸 알까?"

토마토가 말했다.

모두 고개를 끄덕였다.

47. 즉흥 환상곡

허풍이는 주방 냉장고에서 오렌지 주스 한 팩을 꺼내서 책가방 속에 넣고, 학교로 향했다.

매번 느끼는 거지만, 학교 가는 길은 신나지 않았다.

학교에서 쉬는 시간!

"성찬아, 뭐 재미있는 일이 없을까?" 허풍이가 옆에 있는 성찬이에게 물었다.

"글쎄? 왜?"

"사는 게 재미가 없어서 그래."

"세상을 재미로 사냐?"

"그럼!"

"그냥 사는 거지. 살다 보면 언젠가 재미있는 날도 오지 않을까?"

"그래! 맞아! 왜 그런 생각을 나는 못 했을까?"

그런 말을 하는 성찬이가 달리 보였다.

허풍이는 괜스레 책가방 속을 뒤적여 보았다.

아침에 냉장고에서 졸릴 때 학교에서 마시려고 넣어 둔 오렌지 주스 한 캔이 손에 잡혔다.

"성찬아! 오렌지 주스 마실래?"

"응, 좋아!"

허풍이는 오렌지 주스를 성찬에게 주었다.

"고마워! 잘 마실게!"

성찬이는 주스 캔을 따고 단숨에 쭈욱 마시고 말했다.

"허풍아, 오늘 시간이 되면 우리 집에 놀러 갈래?"

"좋아!"

둘은 학교 수업이 끝나자마자 버스를 타고 성찬이네 집으로 갔다.

성찬이네 집은 평수가 큰 고급 아파트였다.

엘리베이터를 타고 21층에서 내려 현관문을 열고 집 안으로 들어갔다.

넓은 거실과 고급스러운 소파 그리고 피아노를 보고 허풍이는 좀 놀랐다.

피아노를 보니 국산이 아닌 것 같았다.

"소파에 잠깐 앉아 있어!"

성찬이는 허풍이에게 말한 후에 주방으로 갔다.

거실 책꽂이에는 영어로 쓰인 두꺼운 책들이 가득 꽂혀 있었다.

허풍이가 가까이 가서 자세히 들여다보니 그 책은 유명한 브리태니커 백과사전이었다.

'와~! 성찬이는 이런 책을 보는구나!'

"허풍아! 이리 와. 주스 마셔!"

허풍이는 소파로 와서 성찬이가 건네준 파인애플 주스를 한 모금 마시며, 거실에 놓여 있는 피아노를 보았다.

"와! 피아노 되게 좋아 보인다!"

성찬이는 허풍이 말에 피아노 앞으로 다가가더니 피아노 의자에 앉았다.

그리고 고급스러운 피아노 뚜껑을 열며 물었다.

토마토가 체리에게

"허풍아! 뭐 듣고 싶은 곡 있냐?"

허풍이는 뭐라고 말해야 할지 몰라 잠시 망설이다가,

"쇼팽의 즉흥 환상곡!"

성찬이는 고개를 한 번 끄덕이더니 현란하고 웅장하게 연주하는 것이었다.

허풍이는 놀라 입을 다물지 못했다.

'아무 생각 없이 곡명을 말했을 뿐인데, 조금의 망설임도 없이 프로 연주자처럼 치다니!'

성찬의 연주가 끝났다.

허풍이는 감격했다. 가슴이 벅차올랐다. 이런 느낌은 처음이었다.

48. 송정리의 봄

춘삼월!

이름만 들어도 없던 기운이 날 것 같다.

나는 학교 공부에 지칠 때면, 송정리 할머니 집으로 달려간다.

'우리 예쁜 지나 왔구나!' 하며 반겨 주시는 할머니!

내가 세상에서 제일 좋아하는 우리 할머니!

맛있는 약과와 한과, 식혜를 내어 주시는 할머니!

'세상의 어떤 꽃보다도 우리 지나가 나는 제일 예쁘다.'

나를 예뻐해 주는 윤정이 고모!

늘 웃을 듯 말 듯 그 미소가 매력인 고모!

누구보다도 내 마음을 잘 알아주는 고모!

'무엇이든 주고 싶은 우리 지나!'

누구보다도 손재주가 뛰어난 종하 삼촌!

용돈을 챙겨 주는 삼촌!

나를 보면 힘내라고 격려해 주는 삼촌!

'보는 것만으로도 예쁜 우리 지나!'

49. 빵

빵이라면 자다가도 벌떡 일어나는 지훈은 이다음에 어른이 되면 빵을 좋아하는 사람들을 위한 빵 뷔페, 빵 나라를 꼭 열 생각이다.

'빵만 먹고 살면 안 될까? 고기 뷔페는 있는데 빵 뷔페는 왜 없을까?

종종 어른들을 이해할 수 없다.

빵만으로는 살 수 없다고 하는데, 서양 사람들은 주로 빵을 먹고 산다.

'나는 이다음에 독립하게 되면 아침에는 달걀부침이 든 샌드위치에 우유를 먹고, 점심에는 내가 가장 좋아하는 치킨 햄버거를 먹고, 저녁에는 불고기피자를 먹을 거야! 그리고 간식으로는 팥빵과 초코파이를 먹어야지!'

지훈은 빵 굽는 냄새가 구수하게 나는 동네 빵집 앞 지날 때마다 빵집에 들어갈까, 그냥 갈까 고민한다.

주머니에 돈이 없다면 모를까, 있다면 생각할 것도 없이 바로 들어가서 금방 나온 부드럽고 살살 녹는 단팥빵이나 크림빵을 몇 개 사 먹는다.

맛있는 빵을 먹을 때마다 지훈은 '누가 처음 빵을 만들었을까?' 생각해 본다.

그리고 집에 와서 잠자기 전 자리에 누워서 '오늘 어떻게 보냈지?' 하고 생각해 보곤 한다.

지훈은 여느 때처럼 맛있는 빵을 먹고 흐뭇한 마음으로 잠이 들었다.

"와! 빵 공장이다!"

수많은 사람이 하얀 위생복을 입고 빵이 구워져 나오는 오븐 앞에서 빵을 포장하고 있었다.

지훈은 이 공장의 책임자가 되어 있었다.

지훈이 하는 일은 만들어진 빵들을 제대로 만들어졌는지 맛 검사하는 일이다.

딸기 맛, 바나나 맛, 포도 맛 등 빵 맛은 아주 훌륭했다.

그러나 넓은 공장을 돌아다니며 일일이 맛을 보러 다녔더니 이제 배가 불러서 더는 먹을 수가 없었다.

이 일을 내일도 모레도 계속 해야 한다고 생각하니 빵이 점점 싫어지게 되었다.

어떤 직원이 카트에 잔뜩 빵을 싣고 와서 말했다.

"공장장님! 새로운 빵인데 맛 좀 봐주세요!"

"아아! 이제 그만! 빵 스톱!"

지훈은 질려서 공장 밖으로 뛰쳐나갔다.

꿈이었다.

"빵보다 엄마가 해 주시는 밥이 최고야!"

토마토가 체리에게

50. 만득이의 꿈

"날 일, 달 월, 찰 영, 기울 측."

천자문을 외우는 소리를 서당 담 밖에서 서성이며 듣고 있는 허름한 한복을 입은 소년이 있다.

"글자를 한번 볼 수만 있다면……."

만득이의 어머니는 부잣집 일을 거들어 주기도 하고, 근처 절에 큰 행사가 있을 때마다 일을 하면서 만득이와 근근이 살고 있었다.

만득이는 서당에서 글을 배우고 싶었지만, 어머니께 차마 말씀을 드릴 수가 없었다.

어느 날, 서당 아이들이 다 돌아간 후 만득이는 훈장님을 찾아갔다.

"훈장님! 만득입니다."

그러자 훈장님이 문을 열고 밖으로 나오셨다.

"무슨 일이냐?"

"제가 서당 청소를 해 드릴 테니 천자문 책을 좀 빌려주시면 안 될까요?"

만득이의 형편을 누구보다도 잘 아시는 훈장님은,

"만득아, 너도 글을 배우고 싶으냐?"

"네." 만득이는 고개를 숙이며 대답했다.

훈장님은 서당에 들어가서서 천자문 책을 가지고 나오셔서 만득이에게 건네주셨다.

"내일 아침에 가져오너라!"

만득이는 책을 들고 훈장님께 인사를 드리고 집으로 왔다.

집으로 오자마자 만득이는 벅찬 마음으로 천자문을 벽에 한 자씩 먹으로 밤을 새워 써 나갔다.

이 모습을 옆에서 지켜본 어머니는 마음이 짠했다.

'만득이가 얼마나 글을 배우고 싶었으면 저럴까?'

아침 햇살이 방 안에 비치자, 사방 벽에는 온통 천자문 글자들로 빼곡했다.

만득이는 훈장님과 약속한 열흘간의 청소를 할 때도 즐거운 마음으로 천자문을 외우면서 했다. 그리고 가끔 훈장님께서 뜻풀이도 해 주셨다.

얼마의 시간이 지난 후에는 만득이는 천자문을 마치고, 훈장님으로부터 명심보감을 배우게 되었다.

오늘은 절에서 법회가 있는 날이어서 어머니는 아침 일찍부터 절에 일하러 가셨다.

점심때쯤 만득이는 어머니께서 일하시는 절의 부엌인 공양간으로 갔다.

어머니는 열심히 음식을 만들고 계셨다.

"어머니!"

일하시던 어머니는 만득이를 돌아보며 말했다.

"만득이 왔구나! 배고프지? 이리 와서 밥 먹으렴."

어머니는 배춧국, 나물 반찬을 차려 주셨다.

만득이는 배춧국에 밥을 말아 맛있게 먹었다.

밥을 다 먹은 만득이는 공양간을 나와서 절 주위를 구경하였다.

"얍!"

어디선가 들려오는 기합 소리가 나는 쪽을 향해 발걸음을 옮겼다.

그곳에는 호리호리한 어떤 도사가 잽싼 동작으로 무술을 연마하고 있었다.

만득이는 굵은 나무 뒤에서 그 광경을 지켜보았다.

그러던 중 도사는 갑자기 동작을 멈추었다.

"넌 누구냐?"

"……!"

"나무 뒤에 숨지 말고 이리 오너라!"

만득이는 겸연쩍은 모습으로 도사에게 다가갔다.

"나무 뒤에서 무엇 하고 있었느냐?"

"어머니를 만나러 왔다가 무술 하시는 소리를 듣고 이끌려 왔습니다."

"어머니는 어디 계시냐?"

"공양간에 계십니다."

도사는 만득이를 위에서 아래로 살펴보았다.

눈빛이 강렬하고 콧날이 날카로웠다. 체격도 크고 다부져서 무술을 하기에 적격인 몸을 가지고 있었다.

"너의 이름이 무엇이냐?"

"만득이라고 합니다."

"무술을 배울 마음이 있느냐?"

"네! 배우고 싶습니다!"

"내일 이맘때 이곳으로 오거라!"

만득이는 비가 오나 눈이 오나 하루도 빠지지 않았다.

무술을 익히러 도사님께 갈 때마다 서유기에 나오는 삼장법사와 손오공, 저팔계가 구름을 타고 뿅 하고 나타날 것만 같았다.

어느덧 세월이 흘러서 열아홉 건장한 청년이 된 만득이는 어느 부잣집에 머슴으로 들어갔다.

처음에는 머슴 일이 서툴렀지만, 차츰 익숙해졌다.

만득이는 머슴 일을 하는 동안에도 학문과 무술을 한시도 게을리하지 않았다.

동네 사람들은 이러한 만득이를 선비 머슴이라고 불렀다.

만득이가 일을 할 때나 몸을 단련할 때 누군가 멀리서 이것을 지켜보는 사람이 있었다.

그 무렵, 마을에는 추수를 끝낸 곡식을 훔쳐 가는 일이 빈번하였다. 그래서 마을 사람들은 불안에 떨었다.

그러자 만득이가, "주인어른! 제가 밤에 창고에 들어가서 곡식을 지키겠습니다. 대신 밖에서 자물쇠를 채워 주셨다가 아침에 열어 주십시오!"

만득이는 추위를 견디며 곡식을 지켰다.

그러던 어느 날 새벽, 두 명의 도둑이 만득이가 지키는 창고의 자물쇠를 부수고 들어왔다.

쌀가마니를 지게에 얹고 막 일어서려는 순간, 숨어 있던 만득이가 일격에 도둑들을 제압했다.

그 일로 주인 내외는 몹시 만득이를 대견해했다.

그리고 그날 밤에 만득이를 안방으로 불렀다.

"여보게, 만득이! 우리 집 사위가 되어 줄 수 있겠나?"

"주인어른! 말씀은 감사하지만 저는 부족한 게 많습니다. 시골에 홀어머님도 계시고요."

"아! 그게 문제가 되겠는가? 어머님을 이리로 모셔 오게!"

만득이는 어머니를 모시고 와서 부잣집 사위가 되어 행복하게 살았다.